老照片 温情系列

我的童年

《老照片》编辑部 编

山东画报出版社
济南

图书在版编目（CIP）数据

我的童年 /《老照片》编辑部编. —济南：山东画报出版社，2018.11（2023.6重印）
（《老照片》温情系列. 二）
ISBN 978-7-5474-2940-2

Ⅰ.①我… Ⅱ.①老… Ⅲ.①回忆录—作品集—中国—当代 Ⅳ.①I251

中国版本图书馆CIP数据核字（2018）第233449号

WO DE TONGNIAN
我的童年
《老照片》编辑部编

责任编辑	冯克力　赵祥斌
装帧设计	王　芳

主管单位	山东出版传媒股份有限公司
出版发行	山东画报出版社
社　　址	济南市市中区舜耕路517号　邮编：250003
电　　话	总编室（0531）82098472
	市场部（0531）82098479
网　　址	http://www.hbcbs.com.cn
电子信箱	hbcb@sdpress.com.cn
印　　刷	北京科普瑞印刷有限责任公司
规　　格	140毫米×203毫米　32开
	8印张　108幅图　120千字
版　　次	2018年11月第1版
印　　次	2023年6月第2次印刷
书　　号	ISBN 78-7-5474-2940-2
定　　价	25.00元

如有印装质量问题，请与出版社总编室联系调换。

写在前面的话

1996年底,山东画报出版社的《老照片》丛书一经面世,即以别开生面的图书样式、回望历史的新颖视角,受到读者的广泛欢迎,并引发了风靡全国的"老照片文化热"。《老照片》的成功出版,开启了中国出版业的"读图时代",相继被业内权威媒体评选为:新中国出版业五十件大事;1978—1998二十年难忘的书;改革开放30年来最具影响力的300本书;共和国60年60本书。

作为一种陆续出版的丛书,《老照片》以"定格历史、收藏记忆"为己任,至2018年4月,已出版了118辑,共刊出各种历史照片一万余幅,相关的文字一千万余言。从一个独特的视角,为百多年来中国人的生存与发展,留下了一份形象而鲜活的记录。《老照片》出版20余年来，这些带有个人记忆温度的文章受到大众读者的喜爱，年长的读者借此印证经历过的历史，回忆过往的岁月；而青少年读者借此从中国社会的变迁中，仰望历史的星空，感受普通民众细腻的家国情怀。

为此，《老照片》编辑部相继编辑了温情系列图书八种：《我的父亲》《我的母亲》《我的老师》《一封家书》《我的童年》《我的同学》《我的故乡》《我们的节日》。其中有些文章从已刊《老照片》中精心挑选适合青少年读者阅读的温暖篇章，文字质朴平实，感情自然真挚。还有一些文章，按照《老照片》的一贯格调，另约稿、辑录了众多名家的作品。如《一封家书》收录了傅雷《写给儿子傅聪的信》、曹文轩《爸爸愿意哄着你长大》等表现父爱的书信；也收录了林薇《写给儿子的两封信》表现母爱的信札，这也是林薇之子、作家止庵首次授权出版。《我的老师》收录了汪曾祺《沈从文先生在西南联大》，这篇文章选自本社出版的《我在西南联大的日子》。《我的故乡》收录了沈从文《老伴》、贾樟柯《忧愁上身》，让我们在故乡的山川异路中怀想起青春岁月；《我们的节日》收录了冯骥才《年夜思》、迟子建《关于年货的记忆》，唤起我们对传统节日的许多遥远又美好的回忆。

在《老照片》陆续出版20年之余,我们冀望与更多的青少年读者一起成长,通过共同翻看《老照片》,开阔阅读视野,增长人生阅历,增添人文情怀。

我们期待这套温情系列,为每位读者开通一条重温往事的时光隧道,大家在历史时空的穿梭中,向美好的回忆致敬,并从中领略人生旅途中的不同风景。

山东画报出版社《老照片》编辑部

目　录

我的童年岁月　秦宝雄 —— 1

老照片中的童年　苏仲湘 —— 8

我的小学时光　张光直 —— 12

七八岁学唱戏　新凤霞 —— 19

童年居京片忆　蓝文长 —— 23

20 世纪 30 年代的儿童照　陈宇舟 —— 36

封存多年的记忆　黄咏梅 —— 39

念私塾　韩丙祥 —— 43

我的童年在江安　余安东 —— 47

儿时趣事　高景玉 —— 60

当年，我们是一对小花童　施顺才 —— 65

童年的第一次旅行　陆源尔 —— 70

两张照片的思念　王芝瑜 —— 82

我的童年回忆　顾农 —— 87

大明湖的童趣 —— 93

童年纪事　张建英 —— 103

童年的朋友　张威 —— 110

我童年时的小镇——凤翔　白兰 —— 113

童年琐忆　李南央 —— 122

哥哥的花衣裳　王晓珊 —— 133

我的童年在"东风"　王建新 —— 138

童年的游戏　刘善文 —— 152

外公题诗的童年照片　邓海南 —— 164

我的小学　张鸣 —— 174

赤脚童年　胡剑 —— 180

童年的一张"老照片"　张丹非 —— 184

我的小学记忆　陈大强 —— 188

近半个世纪前的"小红花"照　施薇 —— 193

1972年夏：我　珊珊 —— 198

童年照片的背后　齐晓芳 —— 200

1975年：姐姐哥哥与我　晓博 —— 207

天真的童年照　李宏荣 —— 210

想象山外的世界
　　——童年读书杂忆　傅国涌 —— 214
幼儿园往事　沈　红 —— 224
童年的我和妈妈　杜瑞瑞 —— 231

我的童年岁月

秦宝雄

1917年9月5日,我在北京西城丰盛胡同旁边的前泥洼出生。一年以后,我家搬到不远的后泥洼,租了一个四合院,一住就是十二年。1930年夏天,我小学毕业,同年6月去南京,和单身先去那里的父亲同住。两个月后,全家从北京搬去南京,我开始入中学,结束了我的童年生活。

北京后泥洼13号住宅

1917年至1930年,我家在北京一个租的四合院——后泥洼13号——住了十四年。据说这是一个很阔的刘姓人家(和那时北洋政府总统曹锟有亲戚关系)住宅的一部分,

图1 1926年,作者三兄弟同父亲、大妹妹舜英在北京四合院住宅。

我们的四合院,每月租金五十元,和他家的住房、花园是完全隔离的。

朝南正房有五间,每间宽十八尺,深二十五尺。正中一间最靠北是父亲写字和看书的地方。靠西一间,和正中一间没有墙壁,所以这两间就是一大间,也是大家活动的地方。吃饭、打麻将都在这里。最西的一间,是为会见陌生客人用的,可以从外面走进去。靠东的一间,是姐姐的卧房,还放了一些家具和马桶。再向东的一间,是父亲和母亲的卧房,也可以从外面走进去。

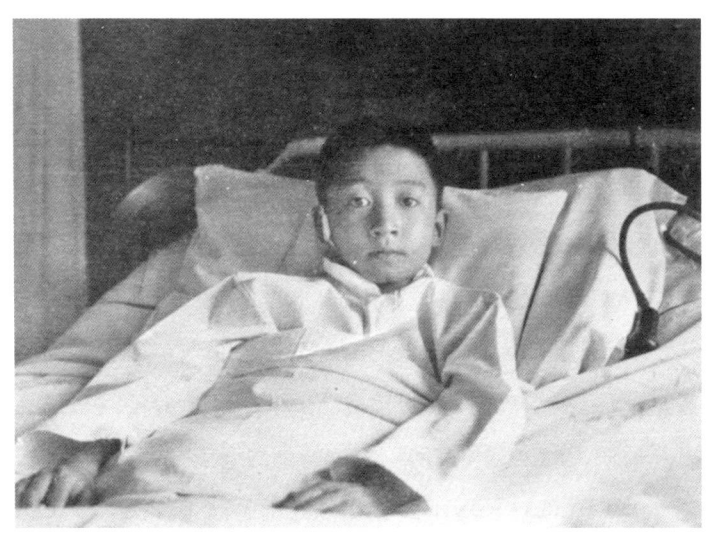

图2 1926年,作者在北京协和医院,扁桃腺手术后。

东厢房和西厢房,每处大概是十尺宽,三十尺深,分成一大间和一小间。东厢房的大间是我们三兄弟的卧室,小间是三个女佣人的卧房,中间的门经常是开着的。西厢房的大间,一般是为客人用的,小间是储物室。正房、东厢房和西厢房,包围着一块用灰色砖头砌成的平地,其中还有两个花池。这三栋房屋和园地,由一道砖墙将北面的一切隔绝。现在我要说:我说的尺寸,都是现在估计的,不一定准确。

这一道墙中间有一扇八尺宽的门,门的左边两尺起,有一道绿色的木墙,自北而南,约八尺,这木墙的南端,又有一道绿色的木墙,从西到东,约有十二尺长。这一套装配,我们叫它"绿门"。从外面进来的人,站在墙门口,看不见里面的情形,进门后一定要向东走两三步,才能在里面走动。每天晚上,厨子到正房来向父亲报账,必先在绿门口大声咳嗽一声,通知里面的主人,然后再走进来。

砖墙北面,有一条窄长的通道,也是灰色砖头砌的。通道北面靠西有佣人用的茅坑(厕所),还有两间客房,以及男佣人的卧室和厨房。靠街的是两扇黑色大门。

我们住的这栋房子,起先各处都是砖地,没有地板、电灯、自来水等设备,以后这些进步设备,就逐渐被装配起来,我们的日子也过得比较舒服了一点。这些改良,都是我家出的钱,也没有影响五十元一月的房租。

在我的记忆中,绿门朝南的四片木板,曾被临时拆过一次。那就是在母亲去世后,要把棺材放平了抬出去。过后这四片绿色木板就立刻又被钉回去了。

我的童年教育

我六岁时开始进小学,中间有两年因病休学,所以十四岁才从小学毕业,比我姐姐晚了两年。一年级第一课

图3 1928年,兄妹合影。左起:哥哥宝同、姐姐舜华、作者、弟弟宝通。

的教材是:"狗,大狗,小狗。"第二课是:"大狗叫一叫,小狗跳两跳。"我把这本书带回家,给父母看了,父亲觉得有点奇怪。母亲对父亲说:"你是教育部的司长,学生念这样的书,你怎么会不知道?"二年级第一课是:"喇叭哗嗒嗒,起来吧,起来吧!"

我小学一、二年级是在西城北师附小(俗称红庙)念的,三年级是在京师第一蒙养园念的。那时红庙的校长张铎民,是日本留学生,声誉很好,在丰盛胡同开了"铎民小学",离我家只有咫尺之隔。我四年级就转到那里,读了三年,直到 1930 年，小学六年级毕业。我在小学时，就喜欢写作，常代老师给同班同学改作文。

五年级开学那天，我早晨去学校，看见级任王老师，面色苍白，在后院散步。又过了一会儿，看见有两个校工，把王老师放在一扇门板上，抬出校门。到中午时校长艾华（师大教授，继已故的张铎民校长）和我们说，王老师因心脏病死了，叫我们和教音乐的许老师，练习唱一支纪念歌。歌词是：

> 绛帐开日喜相逢，忽传先生病怔忡，
> 只望针药能起死，顷刻星陨赴长空。
> 娟娟言笑今何在，循循诱导永难蒙，
> 秋风时雨凄凉夜，哪堪回首忆音容。

我很佩服艾华校长的才华，可那时就觉得"秋风时雨凄凉夜"里的"时雨"用得不妥，应该用"苦雨"。我六十年后学习作诗，回想小时的吹毛求疵，还是不错的。

我童年时代因病辍学两年，发现家里有很多小说，包括《三国志》《水浒传》《列国志》《封神榜》《镜花缘》等旧小说，还有林琴南翻译的很多西洋小说。这些书让我消磨了很多时间，也让我增加了国学常识和写作能力。那时不知道用字典,见了生字看不懂也不管,只是硬读,渐渐地也就读通了。现在回想,那也是我童年教育很重要的一个阶段。

以后在中学和大学所受的教育,当然大大不同,但是已不在本文该说的范围之内了。只有一件事,还值得一提:我去年4月开始用中文写作,最大的困难是电脑打字。经过一年多的练习,现在已经可以操作自如。美国人有一句话:"你不能教老狗玩新花样。"看来这句话也未必准确。

(作者附记:写此文时,夫人金芸培和她的女儿程燕,给我很多帮助,特此致谢)

老照片中的童年

苏仲湘

图 1 是我和好友刘克林（右）的童年合照，摄于 1931 年或 1932 年，当时我俩都只有七八岁。我们两家是世交，都是湖南新化人，在北平上小学。他家住东四一带，我家住宣武门附近，两家却常相往来，我俩十分要好。有时我去他家留宿，有时他到我家留宿。我俩都有点顽皮，却从未拌嘴红脸过。有一次，克林的大姐结婚，我随大人去贺喜，留宿他家，和克林同床而卧。他家是个大宅门，不止一个院子。我俩商量好，天未明就跑到新房窗下去放爆竹，捣了一次小乱。

我们长大后，正值抗战期间，克林是迁到成都的燕京大学新闻系的高材生，和李慎之、刘桂梁是同班契友。克

图1 作者和好友刘克林（右）合影。

图2　四人的童年合影。

林在学校时是学运先锋。大学毕业后入《大公报》供职,很快崭露头角,大约那时他已是中共地下党员。抗战胜利后,他调到香港《大公报》。上海解放后,又调上海《大公报》。不久又调北京总馆。他一直是报社的骨干之一,负责编辑部的工作。到北京后,几次出国,曾在中央负责人出国时,调到代表团担任秘书,后调中宣部国际处工作。克林才华横溢,笔头快,文字常带华彩,可惜在20世纪60年代因故去世,辜负了他的一腔才情。

图2是四人合影。右起:克林(启煌)、克林六姊佩

芳、克林五姊佩芬（后用名闲秋）、笔者。佩芬、佩芳和克林各相差一两岁。拍摄地点已无从查考了。难道是北海吗？克林多兄姊，他最小，排行第八。但我们合影时，老三、老四、老七都已夭逝了。平常我们也就亲昵地以老五、老六、老八那样叫着。克林的尊翁刘锡城是海军的一位名宿，清末留学日本学习海军。辛亥革命后，在北洋政府、国民党政府的海军部门担任过司长、局长等职，长期居住在北京。抗战时回到湖南，后在台湾终老。克林的二姊佩兰，是清华大学高材生，才貌双全，师友推重。抗战时，佩兰和李文结婚。李文是胡宗南的一员爱将，历任军长、北平卫戍司令等职，后在台湾病逝。佩兰后来定居美国，仍然精神矍铄，思清笔健。她和笔者还有信札往来，以钢笔写颇长的信件，回忆北平旧居和抗战时与闲秋、克林小聚成都的情景，一行行娟劲的字迹，流溢着一派温馨的情愫。

我的小学时光

张光直

20世纪30年代，北京的中学有男女校之不同。男校中一般认为最好的中学是附中，附中的全名是"国立北京师范大学附属男子中学"。和它相对照的，是"女附中"或"国立师范大学附属女子中学"，另外有市立中学，亦分男女，其中男中最好的是四中。此外还有教会中学：男的是育英，女的是贝满。下面小学的系统亦与此相应。师大下面有附属第一小学与附属第二小学之别。第一附小叫男师附小，但也招女生；第二附小是女师附小，但也招男生。我家住在手帕胡同，在第二附小后门的斜对面，因为学校的前门开在东铁匠胡同，但是东铁匠胡同被日本人驻了军队，所以把学校的大门封住，改开后门。

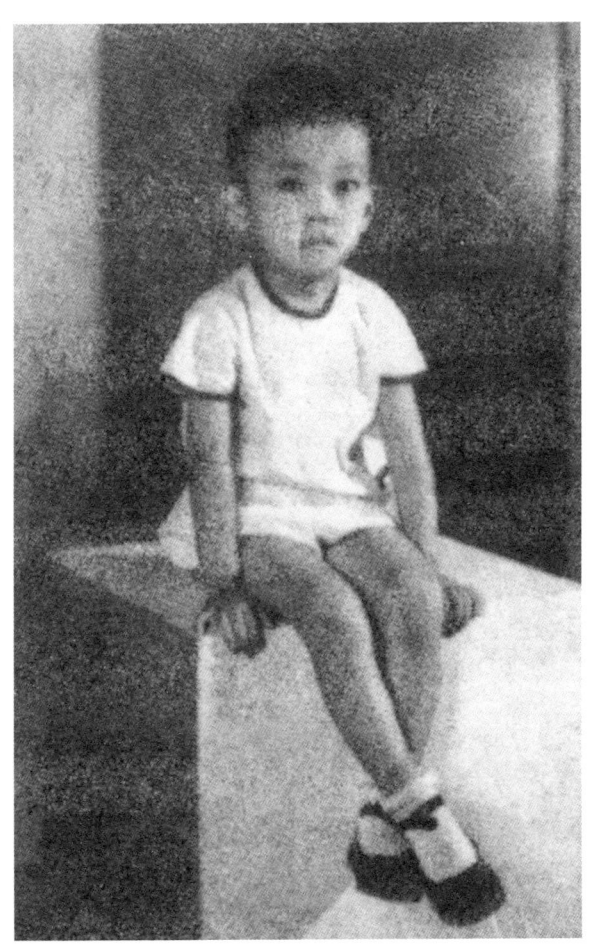

图1 1933年,作者三岁时摄于北京。

我的童年 13

我上师大第二附小是 1937 年 9 月 19 日。之所以日子记得那么清楚，是因为那天是学校的诞辰，每个学生第一天上课就学一首《9 月 19 日歌》：

九月十九日，特别要注意，
我们受的教育，就从今日起，祝我学校万万岁，
也从今日始，
今日关系真非细，
大家要注意。

因为有了这首歌，所以校庆那天也就是开学的日子。进这学校以前还要考试，而且大致是十取一，因为有些学生从南城、东城和北城来考。我记得我考试的时候，考场摆了五张桌子，有五个人坐在后面，竟是口试！我的运气不错，考我的是一位尹老师，她就住在我隔壁，平时也认识，是位老小姐。她那天问的问题并不太难。一个星期以后发榜，我竟被录取了。

这学校之好，好在老师。老师多半是老小姐，她们把一生贡献给教育，男老师也有；小学生们都很淘气，每一个男老师都有一个外号，这个外号多半是恰到好处，要拿出去竞奖都可以得第一名的。举几个例子：张麻花儿，附

图2　1938年，作者全家摄于北海公园。

小主任脸上有扭转的皱纹,这个是第一名,你要看见那张主任,你就想不出别的外号来。下面是另外几个男教员:袁大头、刘斜眼儿、贾大姑娘、魏老板儿。袁大头,是我们主任孙世庆,从侧面看,光头白发小胡子,很像是一枚银元。刘斜眼儿,叫刘贵育,有个斜眼,后来到台湾去了。贾大姑娘是大个子,常穿蓝布大褂,脸色很红,教地理;叫大姑娘是因为他一说话就脸红,还有他的嘴唇特别红。魏老板儿是历史教员,一看他就想到算盘,所以叫老板儿。这些外号都是民间艺术,其合适之处令人叫绝。初小毕业,有一首《送毕业歌》:

一堂共砚,相聚等苔岑,断金攻玉,同志感情深。
熏风里,几行桃李绿成荫;
百花灿烂,锦绣前程,敬以颂诸君。

终于高小毕业,还有最后一首《毕业歌》:

七年小成,九年大就,古人毕世励夸修,
数载勤辛,今虽毕业,试观前路正悠悠。
中道易废,故步易封,难进易退,从学如行逆水舟,
切望吾曹,勉遵师训,慎勿因斯自画,负此好千秋!

图3 20世纪40年代初期,作者和外婆、母亲、弟弟光诚摄于手帕胡同故居北屋门口。

学习这些歌是越小越熟悉,但是也和当时的学习环境有关;我们的校歌以及这些与学校有关的歌,因为环境的关系是我们很难忘记的;今天我们处在一个特殊的环境中,在这环境中我们还能记得这些歌吗?这是将来我们会知道的!

(选自《番薯人的故事》,生活·读书·新知三联书店出版)

七八岁学唱戏

新凤霞

从记事起我就知道饥寒困苦。那时我在天津南市贫民区一个三不管九道弯的大杂院里住。我从记事起就知道学本事挣钱养家。七个孩子加父母共九口人,睁开眼就得要吃要喝呀!光靠父亲卖糖葫芦难保一家温饱。我是小不点儿,又瘦又小,去砸核桃,去蛋厂打鸡蛋,去装火柴,到毛织厂捡线头,或者给有钱人家做零活,给老爷太太捶腰砸腿……反正有活就干,为了挣点钱帮助爹妈过日子,一家吃饱饭。

那年月女孩子挣钱可没有好路可走哇。我决定学唱戏,像堂姐那样,台上花枝招展唱好戏露脸,台下人人喜欢能吃饱穿暖挣钱。自己的道路选择好了,我就天天去二伯母家。首先是给二伯母干活,跟二伯父和姐姐学戏。先学好吃苦

1943年，作者十四岁时在天津中华戏院主演《坐楼杀惜》饰阎婆惜。

受累,才能唱出"嘎崩脆"的好角儿。

  冬天练功,姐姐说:"脱下棉袄来!"我就赶快脱下棉袄。十冬腊月呀,伸不出手来。姐姐推开屋门,向院里泼了一盆水,立即冻成了冰。姐姐说:"小凤快跑圆场。"我穿着单衣,猛地出了屋在冰上跑圆场,跑得满身发热,手指头冻得紫红,姐姐不叫停不敢进屋。夏天三伏最热了,姐姐想看看我的功,让我在院里练,在太阳底下还要加上两件衣服。唱戏的不怕冷,不叫热,上了台再冷也不能穿棉袄,再热也要穿上戏装厚衣服,这叫练意志。

  小时除了演小角色,在后台还要讨人喜欢,眼里有活,心里有数。记得七八岁在天津南市"大舞台"跟着堂姐唱戏,这个"大舞台"可是好角占领的大戏院,是彩头班,演连台本戏《西游记》,主演梁一鸣演唐僧,朱小义、李仲林演孙悟空。一天梁一鸣来晚了,大家七手八脚伺候着他赶场。梁一鸣他误了场,扮戏着急,发脾气说:"快!拿衣服,拿靴子。"大家手忙脚乱。他脚登上靴子没扎靴子带,就要上场了,靴子带还没扎上怎么行啊?我赶快过去,双手扶地趴在地上说:"梁老师您登在我背上扎靴子带吧。快要上场了!"梁一鸣果然脚踩在我的背上扎好靴子带上了场。这件小事可算是有眼力,后台老板老夸我。姐姐是唱刀马旦的,她脾气大,我做了好事她高兴,可不当面夸我。

她说:"戏班的能耐是靠有心人吃苦受罪,不能靠门户、家族,不能靠外快吹捧。小凤有点心眼是我打出来的,这叫长心真干才能吃饱饭。"为了挣钱,我能吃苦,也听大人话。

旧社会小演员跟师父闯江湖,到处流浪,跑码头搭班唱戏,或者参加财主的班。财主有自己的戏园子,前后台都是他的。这种财主班剥削克扣艺人最凶最狠,因为大都是依仗官势,财主本身就是地混子。

我为了一家人温饱跟着母亲闯荡江湖,走到哪儿唱到哪儿,那真是为了吃饭见人就下跪,走遍天下都受罪呀!有评剧班好说,进后台给祖师爷磕个头,报出自己戏折子值多少钱的份子,这叫是骡子是马拉出来遛遛,讲真本事。没有评剧的地方,那就得随着地方上的戏种唱戏。

记得在大西北兰州、西安等地,原来只有一个评剧团,主演嫁了人散了班,我就在秦腔班里唱,跟着演个丫鬟、宫女、跑大兵,扮个傻小子抹一脸黑,演个店家画个三花脸。为了吃饭叫演什么就得演什么,还得认真好好干,不敢有一点调皮捣蛋,要不就被辞退了。

有次去山东烟台、济南、青岛,评剧班散了,我去海边撂地卖唱。我在山东梆子班唱过,河北省石家庄丝弦班唱过,河北梆子班也唱过,为了吃饱饭什么班都搭、都敢唱,同时也真练出了本事,长了胆子。

童年居京片忆

蓝文长

20世纪30年代的北平,像一本纸张发黄但从容安详的旧书,虽不被人注意,却保存着许多珍贵的历史。我的童年不经意在它的文字中间穿行,留下不少值得记忆的童趣,印象最深的要算在师大二附小和"静生生物调查所"度过的日子。

1934年我七岁(图1),正是该上学的年龄。母亲和我当时住在济南五舅家中,母亲希望我回北平读书,于是请住在北平的朋友帮助找学校,并代租一处离学校较近的住所。夏天,当我们回到北平时,这些事都已办好。学校选在北京师大第二附小,租住的房子就在学校的斜对面,上学极为方便。

图1　20世纪30年代,作者在济南。

图2 作者（二排左六）与她的同学们。摄于1938年。

师大二附小当时在北平已是一所名校。它创立于1909年，是1906年设立的北京女子师范学堂（1919年改为北京女子高等师范学校，简称为女高师）的附属小学。北京原有两所高等师范学校，一为男高师，一为女高师。男高师在和平门外琉璃厂，女高师在西单石驸马大街。两所高师均设有附中和附小。1931年两校合并，改称国立北平师范大学。此后，男师的附小称师大一附小，女师的附小为师大二附小，就是今天的北京市重点小学实验二小，但不少

我的童年

图3 作者的母亲。

人还是习惯于过去的叫法，称它作师大二附小。二附小的大门原设在西单东铁匠胡同，后门在西单手帕胡同，这两个胡同现在仍在。当时学校不知为什么关上大门只走后门，而后门只是个小门。学校的面积很大，由大小不同的院子组成，教室和教师的办公室都在一些小院子里。据陶淑范老师说，她特意数过，光是小院子就有十三个。这些小院子里有树，有藤萝，有葡萄，还有几棵丁香树，各有特色，好看极了。操场很大，操场的北面也有两间大教室，学生进了校门要穿过很多院落和走廊才能到自己的教室，如果不熟悉地形，绕来绕去往往会找不到地方。图2摄于1938年。二附小的操场是学生的乐园，我们都叫它大操场。它的中间是个大空场，有篮球场、排球场。操场上可以做游戏，比如滚铁环、跳绳、踢毽子、拍皮球、跳房子等。我们经常进行踩高跷比赛，分两拨人互相追逐，掉不下来者为赢。操场的周围是各种运动区域，如单双杠、吊环、爬杆等，在操场的东南角上还有一个垒球场。学校里每周要开一次周会，全体学生都到礼堂去，先集体背诵孙中山遗嘱，当时称总理遗嘱："余致力国民革命凡四十年，其目的在求中国之自由平等。……是所至嘱！"背诵后由校长或老师讲讲本周情况和下周要求，然后各班表演节目。如果有叠罗汉、车技表演等大型节目，周会就移到大操场去开。车技表演是极精彩的,表演者就是后来成为中国杂技团车技表演艺术家的金业勤和他的妹妹们,金那时好像读四年级或五年级。在他的带动下,同学们对练习车技都很感兴趣。记得我们班有个女同学叫刘望葵,家里刚给她买了一辆新车,很快就被我们练车时给摔坏了,我总觉得对不起她,所以事隔六十多年,她的名字依然记得很清楚。二附小如果开运动会,就要到"女高师"运动场去开。"女高师"的运动场在石驸马大街,紧挨着东铁匠胡同,学校这时会打开东铁匠胡同的大门,以便我们就近走到运动场。运动会上常常表演陶淑范老师编导的各种体操,如"豆囊操"等,因为新颖,叫人看得眼花缭乱,就像看杂技一样叫人兴奋。陶老师就是后来的二附小主任,小学教育家。师大二附小还有一个设备齐全的实验室,那时的物理、化学等课程叫做"自然课",实验室也称"自然实验室"。自然课中要求做试验的课目实验室都能做,学生都很喜欢上实验课,增长了很多感性知识。教自然课的老师姓刘,大家都叫他"自然刘"。正规课程以外,学校还设置了手工、烹饪等课程,我们都很感兴趣。我现在还保存有当时制作的"十字绣"等课堂作品。

那时的老师大都住在校内,学生和老师接触较多,关系也比较融洽,大有一日为师终生不忘之感。记得有一位地理老师姓贾，1970年我回母校时见到他，时隔三十多年他居然还能叫出我的名字，可见当年师生关系的亲密。

师大二附小所以能闻名全国，能有如此好的办学条件和如此大的吸引力，其中凝结着二附小第一任主任孙世庆的一份心血，一份功劳。他是一位很有经验的小学教育专家，他给学校创造了良好的办学条件，培养了大批优秀教师和志愿终身从事小学教育的人才。像陶淑范老师就是当年在女高师上学时，听了孙世庆讲的《教育学》后，决心把自己的一生贡献给小学教育事业的，后来成为一位优秀的小学教育家。孙世庆主任不仅给学校创造了良好的办学条件，每周还要亲自给五、六年级的学生讲解《论语》《孟子》和《古文观止》，使我们在小学毕业时已对中国古代的经、史、子、集有所了解，获得多方面的学识。我在五年级时，听他讲过《论语》和《古文观止》中的精彩篇章，至今受益匪浅。

我于1934年9月1日入二附小读书，六十多年过去了，至今仍怀念着一位校工。记得入学那天，母亲（图3）送我到校门口，非常凑巧，看大门和打钟的校工也姓蓝，叫蓝祥。因为都姓蓝，他对我特别亲热，于是母亲就把我交给他，他就把我送到教室。以后他经常在校门口接送我，如遇下雨天他就把我背到教室，下课时再到教室接我出来，在传达室等母亲来接我。他当时有四十岁左右，是一位敦厚诚恳、忠于职守的人。1937年七七事变，学校停课一年，1938年再开学时，就见不到蓝祥了，听说他已去世，我至今一直想念他。

我童年时代的第二个乐园是"静生生物调查所"。静生生物调查所自成立起至1932年，在调查研究方面作出了很大贡献。1934年冬，我母亲经朋友介绍进入静生生物调查所做练习生，每月有二十余元的薪酬，所以生活比以前富裕多了。因为母亲要去上班，家里只好请了一位姓赵的帮工，她三十多岁，丈夫也姓赵，叫赵顺，是位厨师，还有一门糊灯笼和风筝的好手艺。两人个子都很矮，人都很好。赵妈来我家以后就由她每天送我上下学，给我们做饭、打扫卫生、洗衣服。此外，她还给我们带来很多欢乐。她丈夫会做灯笼、风筝等应节的玩意儿，每年春天必送来风筝，元宵节必送来灯笼。我特别喜欢"走马灯"灯笼，上面画有连环画，点上蜡烛，那个带框架的连环画就会转动起来，煞是好看、有趣。端午节赵妈教我如何缠粽子串，是用纸条折成一个粽子形状的芯，把各色的丝线缠在芯子上，这样就缠出大大小小各种颜色的粽子，把一个个彩色粽子穿成一串，加上穗子，就成功了。我们把它一串串地挂起来，很能衬托节日气氛。中秋节他们夫妇俩还会送个泥做的兔儿爷，同时到有枣树的人家打些枣儿带来，我们再烧几个

图4 作者在静生生物调查所内。

红烧肉之类的菜，买几个月饼和应时水果，同他们夫妇一起吃个晚饭，这样的聚会也很使人愉快。春节期间，老赵会带我去逛厂甸，有时我母亲也去，回来时总会买一些厂甸卖的玩意儿，如风车、大串糖葫芦，还有一种长颈的茶色玻璃瓶子，用嘴一吹就咕嘟咕嘟地响，当时都叫它"咕嘟嘟"。想想自己快乐的童年，真为现在的孩子们惋惜，他们生活得过于成人化，过于沉重了。

母亲在文津街3号生物调查所的新址上班。新址是一栋三层楼，带有一层地下室。为了防火起见，该楼是钢筋水泥结构，外墙使用防火砖。母亲带我去玩时，外墙已长满爬墙虎，周围松树已长高，楼前花园已具相当规模（图4是我穿着当时师大二附小女生的制服在那里的留影）。

1936年3月，山东大学教授王宗清女士来所任特约技师，她是专门研究植物种子的专家，母亲调来给王教授打下手。王宗清教授很喜欢我，下班后常带我到她家里去玩。她家住在南长街北口北海公园正门的斜对面，是护城河边上的一个小院子，正房三间窗朝东，东墙沿河岸而建，东窗正好观景，不仅能看到护城河河水，还可看到故宫的一角。她的家按照西式风格进行内部装修（图5），房子现已拆除划入皇城遗址公园。

1937年初，王宗清请假去上海沪江大学担任生物学教

图5 作者在王宗清教授家中留影。

图 6 作者和她的母亲。摄于 1938 年春。

授,母亲又回地下室工作,但改做动物标本。动物标本比起植物标本更加有趣,主要是昆虫,如蝴蝶、甲壳虫等,也是从全国各地采集而来。采集队一回到所里,母亲就忙碌起来。给我印象最深的是那些五彩缤纷的甲壳虫和蝴蝶,母亲用大头针把它们钉在有玻璃盖子的纸盒里,再贴上标签。这里的工作人员很多,他们也很喜欢我,有时还会把多余的标本送给我,我就欢欢喜喜当作宝贝一样把它们带回家去观赏。

1937年7月卢沟桥事变发生,日本人的炮弹常从房屋上空呼啸而过。不久日军进驻北平,母亲为避战祸,带着我到天津姨家去避难。我在天津得了一场大病,半年多才好起来。1938年春节过后我们回到北平,我依然回二附小上学,母亲仍回调查所(图6是当时我和母亲的合影)。我因在抗日战争胜利之前去河北阜平晋察冀边区参加了革命,对静生生物调查所以后的情况就不得而知了。

20 世纪 30 年代的儿童照

陈宇舟

20 世纪 30 年代中期，福建沿海的县城小镇，一个殷实的家庭，四个年龄相仿的孩子，在照相馆里的欧式布景前留下了这张合影。

照片上的儿童两男（左）两女（右），三个坐着的孩子是亲兄妹，而中间站着的孩子却是他们的亲舅舅。当时在小地方，去照相馆照张相应该是一件时髦的事情，四个孩子又难得凑在一起，大人们也许缘于这个初衷，兴致颇高地把四个孩子经心打扮了一番，足可以看出母亲的巧手和对孩子们的悉心呵护。

你看：四件颜色深浅各异的毛衣，有花边高领，有对襟翻领。能看得到的三条裤子，有现在看仍然十分时髦的

四个孩子的合影。

吊带长裤，有扎宽皮带的制服裤子，还有用毛线精心勾制的保暖毛裤。鞋子也是颜色、款式各异。四个孩子虽然不分男女有三个留了分头，但也是绝不雷同。

可以想象得出，照相馆的师傅看到四个孩子，更是精心策划。有趣的是他把年龄最大和最小的两个女孩安排到位置最高的地方坐着，侧身相对回头，不仅没有丝毫的重男轻女的意思，而且尽显小女孩的可爱。两个男孩子一站一坐，正对镜头，显出了男孩子的稳重。在避免人物呆板的同时，形成了四个孩子阶梯形的构图。也许是出于紧张，四个孩子坐好后没有显出兴奋，而是有些拘谨。可以肯定的是照相的师傅在按下快门之前也没有要求孩子们"笑一笑"，所以这四个穿着、发式、动作，甚至辈分都不相同的孩子，在照片上唯一相同的却是他们的表情。

照片上最右边的女孩后来到福建农村务农，她旁边的姐姐在当地小学教书，他们的舅舅在当地政府任职，最左边坐着的男孩十三岁时跟着亲戚到上海的一家药店学徒，最后来到了山东。

照片在"舅舅"的精心保管下，经过翻拍留到了今天，30年代的一瞬，几十年的风雨，我的父辈们一路走来，不仅是照片，更是人生！

封存多年的记忆

黄咏梅

1999年春节前,八十九岁高龄的大舅父吴寅伯先生(我国老摄影艺术家),像往常一样,亲笔给我回复了贺年信并寄来亲自摄印的颇具艺术品位的贺卡。更可贵的是寄来了两张老照片。

图1是六十多年前他在故乡江苏镇江民众教育馆(现镇江师范专科学校)给大舅母、表妹和我抓拍的。

端详这张老照片,六十多年前的童年岁月在眼前鲜活起来。

那是1936年秋,七岁的我是二年级小学生。父亲在我四岁时因急病死于执教的外地,母亲守着我和妹妹们在镇江东门老家深宅里相依为命。我六岁入民众教育馆办的小

图 1 七岁的作者与大舅母、表妹在一起。

学，校舍设在孔庙里，离我老家不出一百米。年轻新潮的王校长是出国留学生的留守夫人，她在讲台上给我们示范刷牙，给我们讲述日本军国主义者向日本小学生灌输侵华思想的故事。还有好几位关爱我如同父母的老师，孜孜不倦地传授知识。孔庙正殿陈列着"头悬梁""锥刺股""孟母三迁"等故事的小泥人塑像，还有卫生常识方面的模型、图片，教室设在正殿后西院落的平房里。更使我感兴趣的是，遇到周末，民众教育馆为附近居民放映电影，我们小学生是必去的观众。那年代，能看到卓别林夸张的滑稽表演，虽然无声，也是莫大的享受。大舅父一人在外地工作，那年回镇江探家时，星期天和大舅母唐思萱带着表妹吴碧霞来看望我们，我高兴地陪他们去我心爱的学校参观。走近宣传窗前，那张宣传画吸引了我和表妹，我们驻足细看，大舅母很重视对孩子的教育，边看边给我们讲解，我入神聆听，表妹目不转睛地看着画上的小朋友。大舅父见此情此景，即兴抓拍下来，当时我们一点都不知道。事后也没见过这张照片。

　　图 2 摄于 1946 年秋。大表妹吴碧霞背着一岁半的小表妹吴郁，正在和弟弟戏耍，既要躲开弟弟的追逐，又要防备小妹妹从背上摔下来。这张照片我曾在早年见过。事隔半个世纪，少女吴碧霞已是年逾六旬的祖母，学有专长，

图2 作者的大表妹正背着一岁半的小表妹玩耍。

毕业于北航,一直在北京从事科研工作;那个仅有几颗乳牙的小娃娃吴郁,已是北京广播学院播音主持艺术学院教授、硕士生导师了。

　　碧霞表妹来信对我说:"父亲的瞬间定格技术,把逝去的岁月拉回来,展现了我们幼年时期亲密的手足之情,再现了母亲循循善诱的形象。如今我已是当了多年祖母的人,深感养护小孩不算太难,教育小孩才是最难最难的。父母的言行对孩子的成长起到潜移默化的作用。"

念私塾

韩丙祥

这张老照片是我七岁时和七十九岁的老奶奶的合影。那年夏天中午,我念私塾放学回家,母亲拉我到邻居家拍照。照相师看我穿的褂子捉襟见肘,建议换一件,母亲含着眼泪说:"家里再也没有像样的衣服了,就这样吧!"这件事留给我的印象极为深刻,那些年念私塾的往事也渐渐浮现在脑海中。

那是七七事变后兵荒马乱的年月。日寇入侵,学校停办,但我却到了上学的年龄,父亲便把我送到私塾就读。

私塾先生姓牛,是从乡下来周村的,靠舌耕为生,教着二十多个弟子。这些学生年龄悬殊,念的书也深浅不一,从《三字经》到"四书五经"都有。

七岁的作者与七十九岁的老奶奶合影。

我儿时记性好,但第一次背书却吃了苦头。

开始念《三字经》时,由牛先生逐字、逐句教几段,然后由大学长和二学长辅导。但两个学长年龄都大了,专门欺负小孩。

这天,牛先生会友回来,坐下便喊:"背书!"我认为已经背得滚瓜烂熟了,就大胆走到先生的方桌前,把书给先生放好,然后转身开始背诵。我先按大学长辅导的背:"人之初,黑乎乎,打驴草,喂师傅,喂得师傅饱饱的,教得学生好好的……"

我正背得得意,突然,后脑勺重重地挨了一巴掌。牛先生气呼呼地问:"谁教你的?"我脱口而出:"大学长。"大学长听我供出了他,马上拿起上厕所的木签佯装去了厕所。

不知是牛先生有意袒护大学长还是希望我能口出圣语,竟又命我重背。挨了打,我深知背错了,只好改口按二学长辅导的背:"人之初,性本善,吃口馍馍再来念……"

只听牛先生大吼一声:"住口!"我连忙停住。这次牛先生不但没打我,他自己也气笑了。

当我最后按照牛先生教的《三字经》一口气背下来时,老先生对我的表现甚为欣赏。入学半年,我竟背完了《三字经》《百家姓》《弟子规》《千字文》和"四书"的一部分，但对书的内容却不甚了解……

念私塾的缺点是不让学生活动，读死书，死读书。但也管不住学生爱玩的天性。

一次，牛先生去赶周村下河大集，先生前脚走，后脚就由大学长领着大伙玩起了"打瞎驴"的游戏。

他派一个小同学到大门外望风，然后叫一个同学蒙住眼睛当瞎驴，其他人都一只胳膊捆在一条腿上当瘸驴，瘸驴打瞎驴，瞎驴逮瘸驴，好不热闹……大家玩得正高兴，突然牛先生一步闯了进来。

原来，望风的小同学也在大门外玩起来，把看老师的任务忘了。瘸驴们顾不得解开绳子，吓得一瘸一拐地跑到自己座位上赶紧坐好，只有瞎驴还在乱摸。

当他一把抓住牛先生大喊"逮住了！逮住了！"时，可把老先生气坏了。他放下菜，拿起戒尺一个一个地挨着打，当打到大学长时，大学长身子一歪，就听咔嚓一声，戒尺折成两截。原来是打在大学长腰里别着的一支自制的"手枪"上了。

我的童年在江安

余安东

1939年4月,我们全家随父亲上沅先生和国立剧专师生一起到达江安。那时我才一岁半。1937年12月中,我出生在离稻谷仓不远的湘雅医院,正是南京大屠杀的两天之后。如果我们没从南京逃出来,也就没有了我。

我在江安一直住到1945年剧专迁到重庆附近的北碚,那时我七岁半。在江安度过了整整六年。逝者如斯夫,现在能想起来的只是一些点滴。我们家在江安所住的房子(大概是在南正街),原来是黄佐临、金韵之在江安任教时住过的,他们不久后就回上海办苦干剧团了。这对英国留学生的生活很有品位,住宅里还装了地板和纱窗。尽管只装了我父母做卧室的一间西屋,但在那时的江安,却是最洋

老照片

温情系列

图1 作者八个月时摄于重庆。大哥汝南躲在椅背后扶着作者。

气的建筑了。在这间卧室里最温馨的记忆是,总是忙碌的父亲,偶有难得的一点闲暇,把我放在他的膝头,教我唱 Jingle bells(《铃儿响叮当》)和 London bridge(《伦敦桥》)这类英文儿童歌曲。1941年末,小我四岁的弟弟同希就在这间房里诞生。我坐在这间卧室高高的门槛上哭鼻子,因为大人们不准我进去看。当中是堂屋,还是泥地。正面八仙桌后是一条供桌,中堂挂的是一幅很大的"八仙过海"彩画,大概都是房主置办的。东屋住的是我奶奶。我们兄弟住在偏屋。我的奶妈王嫂对我很好,我长到七岁,她一直在我们身边。她后来嫁给了从北平一路跟我们家迁移到江安的厨子小朱。他们夫妇就留在江安了。这一进四合院,当中是一个石头砌的天井。有一次大雨积水,两三岁的我不小心跌进了水塘,感觉如同掉进了大河,幸而很快就被捞起来了。两个哥哥汝南、棣北从初中起就到省立江安中学住读,周末才回家,喜欢逗我这个小他们十来岁的小弟弟玩。他们是童子军,两人扮演将军,就我一个萝卜头小兵,令行禁止,像真的一样。他们在院子当中插了一根竹竿当旗杆。用竹篾绳索做了弓箭,给我做了最小号的,搞射箭比赛。我母亲是学儿童教育的,她在院子里给我做了一个沙盆,就是一个大木盒子装上沙,使我可以搭任何想象的东西。

图2 作者在家中的庭院。

当时江安有所伤兵医院,前方的伤兵源源而来。我们家坡下有家公司,大约是做煤炭生意的,我的两个哥哥常去和他们的职员下棋。有一天他们楼下的伤兵不慎步枪走火,子弹穿过楼板,击中了正在和我哥哥们下棋的职员,穿过大腿,血流如注。我二哥当即抱住他,按住伤处帮他止血,大哥则去报信。我父母很称赞他们的临危不惧。当时母亲叫我躲在沙盆后面防弹,使它派上意想不到的用场,其实那只是个偶然事件。我小时发高烧,只能在堂屋泥地上铺一条篾席,接接地气退烧。睡在地上仰望天花板,迷糊中八仙飞来飞去,脑袋轰轰作响,眼前便是民生、长虹号火轮开往重庆的影像。江安医疗条件很差,最好的医生就是剧专的毕大夫,药物也很匮乏。我大约五岁时摔了一跤,左膝盖发炎,几乎要截肢。后来母亲背我到李庄的同济医院做电疗,终于保住了一条腿。母亲一直说,后来我上同济,又在那里工作,就是小时候结的缘。

那时梁思成、林徽因夫妇也在李庄,梁是与父亲同时留美的老友。有次父母去探望他们,回来说,因为林患肺病需要阳光,作为建筑师的他们,在简陋的民居里改装了落地窗。我第一次听到这个名词,常幻想究竟什么是落地窗。小时的误会,现在想起来特别温馨。有次母亲说她在北京上女师大时,同学有个"俱乐部"。我以有限的见识,

图3 作者四岁生日时在江安。

听成"锯萝卜",感到大人真无聊,竟然以"锯""萝卜"为乐。到了江安,找不到合适的学校,幼儿园更是闻所未闻,母亲就和一些剧专的家属一起办幼儿园。随着孩子们长大,又办起了小学,使剧专子弟在抗战的困难条件下,得到了良好的教育。剧专附小办得有声有色,远近闻名,后来取名为剧光小学。和我年龄相仿,在剧专幼儿园、附小和我同学过的有曹禺和郑秀、陈瘦竹和沈蔚德、杨村彬和王元美、蔡松林和张惠贞、陈永倞和冀淑平等人的子女。有一张我四岁生日的照片,那天父母为我请了另外三个年龄相仿的

图4 作者和弟弟同希在重庆。作者戴着纸"钢盔"。

小朋友,小桌子上放着四个水果。另外三个小孩是曹禺的女儿万黛(右二)、陈瘦竹的女儿陈玫(左二)和毕大夫的女儿毕漪云(左一)。蔡松林的夫人张惠贞做过我的班主任,他们的两个儿子方方、圆圆分别与我和弟弟同班。他们后来继承父业,进入电影界,不像我们四兄弟都遵守父母严命,远离了他们认为风险太大的文艺界。

父母亲经常从江安乘小火轮顺流而下去重庆。江安那时没有可停靠火轮的码头,登船必须用小木船驳过去。出门要带上铺盖卷,被子外面用油布包起来,再用棕绳纵横

图5 1945年作者和母亲在北碚家门口。

捆绑。我家有一条用了几十年的红色毛毯,扎在里面当垫被。上船后并无舱位,打开铺盖睡在甲板上。其他行李则装在一个竹篾扎成的网篮中。父母难得带我去重庆,我通常得留在江安。他们临行前,给我两个洋铁皮小罐子,一个里面装着十几粒黄豆,叫我每天拿出一粒装到另一个罐子里去。等黄豆倒腾完了,父母也就回家了,所以我就天天在心里默数着黄豆,盼父母早日归来。

江安时期,电报很重要。家里有一本电报码,每个汉字用四个数字代表(现在中国人去英国签证,填写姓名还

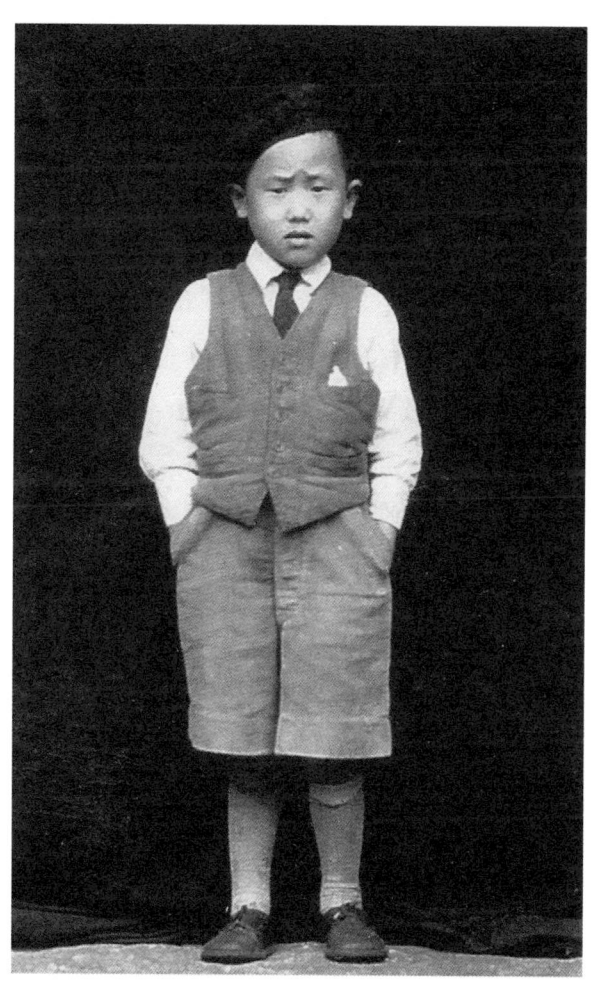

图6 作者上小学时的留影。

要注上这种号码）。学会写电报，可以少说废话，因为每个字都不便宜。有次父母去重庆时，奶奶生了病，病况急转直下，很快就去世了。哥哥们从学校赶回，赶快给在重庆的父母发了电报。我小，只能在一边发傻。奶奶在我心目中，是个少言寡语的慈祥的小个子老人。这是我第一次知道原来人有生死之别。每次父母从重庆回来，孩子企盼的是玩具，我得到过一个纸蝴蝶、一门玩具大炮和一个硬纸板压模做成的小钢盔，后者涂成草绿色，相当逼真，对战时的小孩来说是难忘的。

在江安时，我经常去剧专看戏或排戏。刚到江安就上演了表兄吴祖光的《凤凰城》，我那时太小，不会去看。但后来许多中外名剧都在江安上演，如曹禺的《日出》。那以后，"顾八奶奶"成了一种典型，大人们议论什么人，"顾八奶奶"是作为形容词而不是专用名词来用的。曹禺剧中的陈白露、四凤、周朴园、高老太爷等等，在我心目中就如邻家老小一样鲜活。祖光的《风雪夜归人》的海报，现在还好像就在眼前。而对于年幼的我来说，印象最深的，是杨村彬1942年写的《清宫外史》，记得在剧专公演时很轰动。那时古装戏不多，加上我第一次听到作为背景音乐的民乐，感到热闹、新鲜。现在各种清宫戏汗牛充栋，但《清宫外史》应当说是开了先河。父亲余上沅不但是好教师，

图7 作者与小学同学合影。

还是个好导演。在剧专江安时期,他作为出品人,策划和支持了中国重量级剧作家历史上许多巅峰之作的问世公演,也亲自当导演,排演中外名著,如莎士比亚的《哈姆雷特》《威尼斯商人》,易卜生的《野鸭》等,在抗战的困难条件下,用世界眼光把握剧专教学的导向。作为"五四"一代早期的留学生,又是"国剧运动"的创意人,父亲一直在用国际水平去推动中国人写给中国人看的中国戏。剧专是他"国剧运动"理论的实践。在中国现代戏剧教育方面,从科目、

我的童年

课程的设置，到各种门类，不管是编导演，还是舞台装置、灯光、布景、音乐、舞蹈的课程设置和教学方法，剧专都是最早的探索者和践行者，为中国现代戏剧电影发展起过不可磨灭的作用。这种兼包并蓄，取各家之长，走自己的路的理念，不但体现在他对待"戏"上，也体现在他对待"人"上。他坚持艺术和教学质量第一，不顾各方面压力，聘请田汉、曹禺、黄佐临、金韵之、章泯、马彦祥、洪深、焦菊隐、吴祖光、吴晓邦、戴爱莲、应尚能、张骏祥、吴仞之、沙梅等人到剧专任教，可以说真正做到了聚集精英、不拘一格用人才。在抗战十分困难的时期，若不是父亲谦恭待人、惜才若渴，能做到这一点吗？父亲早年在武汉文华书院参加五四运动，后来到北京大学师从胡适之，受校长蔡元培开明的办学思想影响甚深。我从两三岁开始，便游走于剧专排练场之间。师生们都认识我，这个抱抱，那个逗逗，不亦乐乎。湖南人叫小孩子为毛毛（就如上海人叫小毛头），我生在长沙，小名就叫毛毛或毛弟。许多剧专人都认识毛毛，而不知安东为何人。父亲是好导演，却不是好演员，只跑过几次龙套，给演员们打打气。所以我也幻想不当演员，直接做导演。有次在江安，剧专附小要排演儿童剧《白雪公主》，不少师生的孩子争当演员，小天才着实不少。作为剧专校长和附小校长的儿子，如果想争取，我也会有机会登台的。但父母要我们低调,加上我的胆怯,连派给我做七个小矮人之一也不肯干,最后答应做不露面的"镜子",躲在镜子后面念台词。

2014年3月于德国达姆施塔特

儿时趣事

高景玉

在旧社会,贫穷人家照张相可不是件容易的事。缺钱是一个方面,主要的是住处附近没有照相馆,照相需跑上十几里或几十里的路。我家所在地,相当于现在的乡,有官府、工商、药铺、饭馆、学校,还有一家照相馆。

这张照片是1939年把照相馆的师傅请到家中庭院里照的。后面挂个大布景,父母和我们兄弟五人穿着清一色的士林布大布衫,看看衣服上的褶痕,便知是刚从箱底取出来的。那年头,一年中只能在年三十晚上才能将它取出来,套在又脏又破的棉衣外面,到正月初六还得脱下来,洗净明年再用。按当时的社会风俗,照片的这种格局是一种时尚,穷家富家都是这个照法。这张照片被我视为家珍,时

父母与作者兄弟五人的合影。

不时地取出搁到放大镜下"浮动",回味着我和四弟(右四)儿时的几件趣事,每每暗自发笑。

第一件,四弟一个大字不识竟能领读课文。那是我上初小的第五天晚上,我和四弟在被窝里(家贫,两人盖一床被)唠小嗑,撺掇他也去上学。我说,我那个班里像你这么大的小孩有好几个,他们还都不如你灵呢,你准能跟上(课)。我把明天的课教你背熟,你个头小,必定坐在第一排,老师念两遍后,问谁会,你就举手,老师一定会叫你领着给大伙念。我又说些学校有什么好玩的东西等等。

听我这么一说，四弟很乐意去上学了。

那时入学几乎不用什么手续，直接到教室报上名就行了。第二天到校后，一切顺利，老师给四弟发完书，果然叫他坐在第一排的第一号位上，然后回身在黑板上写了"满语"二字（就是汉语，那时只准叫满语）。老师领念两遍后，问道：谁会？四弟就把手举起来，老师啊哈一声，走到他跟前端详了一下，说：你念。"钟响了，都一齐进教室，好好地用功吧；钟响了，都一齐出教室，好好地游戏吧。"四弟念完，老师带头鼓掌，全班轰动。受到老师好一通表扬。让我发笑的是，倘若老师单问任何一个字，四弟都会露馅，因为他一个字都不认识。

第二件，是在日语发表会上闹的笑话。日语发表会，是日本帝国主义对中国实行文化侵略的一种手段，旨在鼓励中国人学日语，做顺从的亡国奴。这项活动固定在每个星期六的上午，形式是两个学生到台上演讲，一人说日语，另一个人译成汉语。当然，上台前两人早已演练纯熟。那时上台讲演的，都是从"优级"（即高小班）里选拔，一至四年级的学生没有任务。如果真有人出来演讲，会轰动全校，给本班老师脸上争光。我和四弟又想去显摆。一个星期五的晚上，我对四弟说，明天日语发表会咱俩去讲一点，讲第六课，你说日语，我说满语，如果你忘了就由我说日语。

讲完了老师准能夸咱俩。四弟很乐意地答应了。

到了发表会那天,"优级"的讲完了,老师按常规问,谁还讲?我俩边举手边往台前走。老师和同学一看,是两个二年级的小家伙,都惊奇地鼓起掌来。掌声一响,我的心突然怦怦地跳起来,有些紧张了。到台上往下一看,黑压压的一大片,真有点发晕。四弟也蒙了,把脸转向了我。我使个眼色叫他转过身讲话,可他还是直勾勾地看着我发愣。我只好故作镇静,规规矩矩地垂下两只小手,立正站稳,用日语说了第一句,希望他能缓过神来。可他还是大喘气,像个木头人似的。我恼羞成怒,对着他的前胸就是一拳,他哇的一声大哭起来,台下哄然大笑。这时,教日语的老师过来解围,说,你俩唱一段吧。大家都知道我俩会唱民间小曲,于是我俩合唱了一段《李香莲卖画》,台下一片掌声。放学回到家,我仍未消气,朝四弟说,那次念课文你露脸了,今儿个你真丢脸,说着又是一拳。

第三件是坐席(就是婚丧宴席)。我家那里的农村,把结婚和办丧事,都叫"办事情"。结婚叫红事情,丧事叫白事情。"明儿个老×家办事,你去坐席吧,咱家上礼了。"这是母亲让我去参加某家的婚礼。我上面两个哥都上学,两个弟弟又小,所以这样的好事总是落在我的头上。那时的婚丧宴,规格千篇一律——六个碟、六个碗(首日),

八个碟、八个碗（正日），民间俗称六碟六、八碟八。必有的菜是红烧肉、油炸丸子、粉肠、面鱼，其余就是白菜、芹菜、萝卜、豆腐、粉条，冬天少不了一盘酸菜和皮冻。红烧肉和丸子都有一定的数，每碗八个（块）。平时吃不到好东西，一闻到那味儿就香得不得了，嘴里直"冒水"。

大人们吃席要喝上两盅，把菜吃个精光。多数小孩则不然，要从自己嘴里省下一个丸子和一块红烧肉，用一根筷子或秸秆穿上，带给家里人尝尝。回到家，四弟先跑出来踮着脚往上抓，我得高举着紧往屋里走，四弟在后边紧跟着。进屋举到母亲嘴边，母亲用舌尖舔一下，最多也只用牙尖啃下玉米粒大小的一块：嗯，挺香。然后，四弟便急忙夺下，笑眯眯地两小口吃个精光，再贪婪地舔舔秆上汁沫留下的余香，吧嗒吧嗒嘴，说，真香！

当年,我们是一对小花童

施顺才

我还记得抗战胜利那一年,也就是1945年发生的一件往事。

那一年,"胜利"成为南京人流行的时髦词,许多家庭给在抗战胜利时的出生儿起名为"胜利"。一些时尚的青年用举办婚礼的方式庆祝抗战胜利,美其名曰"胜利婚礼"。1945年9月,我与一名叫鲍佩勤的女孩分别担当了一场"胜利婚礼"的男女小花童,婚礼采用的是西式婚礼仪式。在南京莫愁路基督教堂自立会汉中堂(现为基督教莫愁路堂)举行,该教堂由金陵大学校长陈裕光之弟陈裕华总工程师设计,带有典型的英国十六世纪都铎王朝风格。记得婚礼那天,没有传统的放鞭炮、吹喇叭、坐花轿、拜天地、

图1 "胜利婚礼"纪念照。

闹洞房等程序。

在"胜利婚礼"仪式上,我全神贯注地投入。在钢琴伴奏下和唱诗班悠扬的歌声中,一对新人手挽手并肩从教堂正门步入婚礼甬道。新娘披婚纱,戴花冠和白手套,手捧红玫瑰前行。我与女花童并肩牵着婚纱裙边,紧跟其后,手持装满花瓣的花篮,一路把花瓣撒在新娘经过的红地毯上。在随着结婚乐曲的旋律缓缓行进时,我发现身边的那位女花童也是全神贯注、神情严肃。待我们漫步到圣殿前,我已紧张得浑身冒汗了。牧师为新人祈祷祝福和新人许下终生相守的诺言后,教堂里的人们起立鼓掌,新人重新走

图2 小花童合照。

图3 六十六年后两位小花童的重逢。

过婚礼甬道，走出礼堂到草坪上，由"大美摄影社"拍摄了"胜利婚礼"纪念照，同时，又拍摄下这张七十二年前的男女小花童合照。

"胜利婚礼"选择男女小花童是非常慎重的事，只有聪慧、漂亮、活泼、可爱的儿童才能担当花童，以凸显婚礼的观赏性，当年七岁的我和那位名叫鲍佩勤的六岁小姑娘都被看中。而我的拍档——小女孩花童，虽然我依稀记得她的模样，却没有想过还能再遇见。

我家和小女孩所属的鲍家可谓世交，同是基督徒家庭，我父亲是教会长老，她父亲是教会牧师，在南京大屠杀期间他们分别都为保护难民而做出过贡献，又同住莫愁路，关系很好。20世纪50年代，鲍家人离开南京分散在全国五个城市，而鲍佩勤则定居在上海。

六十六年后的一次偶然机会，我与鲍佩勤取得了联系，两位当年天真活泼可爱的小花童都已经垂垂老矣，我们手拿照片相认，聚餐和叙旧。在久别重逢的喜悦中，亲友们的相机不失时机地拍摄了不少珍贵镜头。曾经的小花童，如今都是年逾古稀的老人了。这种强烈的对比，除了让我们感慨岁月沧桑之外，还让我们共同回忆起抗战胜利时为"胜利婚礼"当小花童的快乐情景。

童年的第一次旅行

陆源尔

民国三十四年(1945)的秋天，中国人民还沉浸在抗日战争取得伟大胜利的欢庆气氛之中。我和堂兄（伯父家的长子）跟随父亲，由苏州乘火车去无锡，看望父亲多年不见的朋友。这是我第一次乘火车（那时汽车也没有坐过），也是我的第一次旅行。

民国时代，无锡素有"小上海"之称。下火车出站后，父亲叫了一辆黄包车，带着我们到光复门（后来改名为胜利门，解放后被拆除）外的中国饭店开房。火车站到光复门的工运路是一条比较繁华的商业街。我们到达时，无锡正在筹备欢庆抗日战争胜利后的第一个国庆节（双十节），工运路一派喜气洋洋，热闹非凡。

图1 长春桥。左中是父亲，右中是作者。

第二天，随父亲步行到他朋友在新源路惠农桥附近的商行。路过大洋桥（即工运桥），桥下环城古运河船只川流不息，小火轮的汽笛声和船夫的号子声夹杂在一起。父亲的朋友的商行是一栋砖木结构的二层楼，一层用于商务接待，二层是老板房（经理室）和账房（会计室）。父亲与朋友寒暄一番后，带我和堂兄到惠钱山（即惠山）寄畅园去玩玩。出门后，父亲的朋友叫了一辆三轮车，载着我们三人前往惠山。

三轮车进入惠山横街，就可以看到街道两旁众多的泥人摊店，摆放着各色各样的泥人。下三轮车后，父亲当然无心去看泥人，领着我们向寄畅园走去，我还不时回头张望。

解放前的寄畅园是一处私家花园，只需凭本地商家名片就可以进入游玩。孩童时代不懂园林观赏，只是跟随父亲东看看、西望望，没有留下难忘的印象，倒是惠山的泥人却被我深刻地记忆着。父亲知道我想买泥人，因此走出寄畅园后，带我们在惠山横街挑选泥人。我一眼看中了刘关张一套三件的泥塑脸谱，父亲欣然买下两套，商家用《申报》的报纸分别包裹放入纸盒包扎好。

父亲偏爱面食，雇了辆三轮车带我们直奔位于三阳的"王兴记"，品尝"王兴记"的小笼馒头和开洋馄饨。"王兴记"的小笼馒头咬一口卤汁喷涌，嚼一嚼有"甜出头咸

图2 摩崖石刻。

收口"的特殊回味。1982年父亲病重期间想吃"王兴记"的小笼馒头，我专程去无锡买，这是他一生最后一次吃"王兴记"的小笼馒头。由于三阳离惠农桥不太远，那时也没有公交车，我们步行回到父亲朋友的商行。

上二楼后，父亲到他朋友的办公室，我和堂兄在客厅各自打开刘关张泥塑脸谱。紧挨着客厅楼梯口的木栏杆，摆放着茶几和靠背椅。我把泥塑脸谱按刘、关、张顺序平放在茶几上，挨个儿看看刘备的白脸、关公的红脸和张飞的黑脸。泥塑脸谱既不能立着放，又不能戴在脸上。由于茶几紧靠栏杆，栏杆又刚好高出茶几，所以我就把泥塑脸谱立着靠栏杆排放。折腾一番后，我在靠背椅上坐下。哪知道坐下来时碰了茶几一下，张飞从茶几上滚了下来，落到地板上后穿过栏杆，掉落到楼梯上，被摔得粉碎，我急得号啕大哭。听见哭声，父亲急忙从办公室跑出来，我哭诉说："张飞打掉了！"父亲安慰我说："明天给你重新买一套。"

第三天，父亲带我们专程去惠山买泥人。到惠山横街走了几家泥人摊店，看到一家有九件一套的白雪公主石膏像（白雪公主、王子和七个矮人），越看越喜欢。我看过格林童话《白雪公主》小人书，记得魔镜和七个矮人，也记得白雪公主的继母心地歹毒，嫉妒白雪公主的美丽漂亮，

图3 梅园。

小孩子当然不懂白雪公主与王子的爱情。说起小人书，我婶婶的兄弟，在山塘街荣阳楼隔壁开"大有南北货店"，店门外边有个小人书摊，我有时到小人书摊租小人书看。父亲知道我的心思，没等我开口就让店铺伙计包装一套。我还算识相，没跟父亲再提刘关张，就这样高高兴兴回程。下午，父亲他们可能在说着明天的日程安排。果然，在回饭店的路上，父亲告诉我们明天要去太湖鼋头渚、梅园玩，叫我们吃过晚饭早一点睡，明天要起早。

第四天，吃过早点后就往父亲朋友的商行走。父亲的朋友约了他三位朋友加上他与我同龄的儿子（小胖子），已经在二楼客厅等候我们。稍息后，我们一行八人赶往大洋桥附近的轮船码头，一艘小火轮和后挂航船已在码头等候。我那高兴劲儿就不用说了，出娘胎后没坐过小火轮，当然也没见过太湖。我们当时的着装是现代人没有见过的，父亲和我穿的是长衫，堂兄（大我四岁）穿一身童子军服装。

这艘航船可以摆放一张八仙桌和八只靠背椅，并配备有厨房，我记得这艘航船叫"金陵"号。我们一行上船后没有多久，小火轮便发动起航，拖着航船启程，顺着古运河驶向鼋头渚。一路上，大人们嗑着瓜子吃着花生聊他们的事，我们三个小孩吃着花生和糖果聊我们的天。大约快到中午时分，父亲的朋友指点说船已进入五里湖。船放慢

图 4 凝春塔。

从菱塘边驶过时，有采红菱的划着木盆过来叫卖，大人买了些水红菱。无锡的大青菱很有名气，苏州人习惯叫"无锡菱"。大青菱一般是烧熟了吃，而水红菱必须生吃。

这时，船家阿姨来清理桌子上的瓜子花生壳，准备上菜和酒。现在苏州人节假日跑光福太湖边吃船菜，据说太湖船菜就是起源于无锡，所以也称无锡船菜。在船家上菜时，他一一介绍菜名："八宝鸭""西瓜鸡""荷叶粉蒸肉""全家福"……还有几道时鲜嫩爽的素菜，几吊烫热的绍兴黄酒也一并上桌。1957年暑假探亲，我第一次到南京，姐夫姐姐带我到新街口"三六九酒店"，也吃到了"全家福"这道苏帮菜，菜里面的油氽肉皮和玉兰片特好吃，所以念念不忘。这些年，我在苏州进了不少酒店，菜谱上并没有见到"全家福"菜名。这次暑假探亲，是我在沈阳读书三年的唯一一次探亲。此时，我才知道父亲的不幸遭遇，父亲为了让我安心读书，事发后一直瞒着我。儿时哪里懂得无锡船菜讲究"味真"，每一道菜都是原汁原味。那时没有饮料，小孩只管大口大口吃菜，大人们边吃边划拳。

不知不觉船到了鼋头渚，酒席还没有完。船靠岸后船家放上跳板，我们一一上岸。父亲的朋友带了一台德国"莱卡"120照相机。民国时代，德国的电器、照相机在江南比较吃香，当时中国不生产，老家照明用的电线、灯具都

图5 相传范蠡和西施隐居处。

是德国西门子产品，供电电压110伏，解放后改为220伏。儿时旅游不会留下多少记忆，只知道当时望着浩瀚的太湖出神，从来没有见过这一望无际的水面。只是到自己成人后，再度游览鼋头渚时，才知道那时走过的景点，如长春桥、广福庵、"包孕吴越"和"横云"两处摩崖石刻、鼋头渚灯塔等。父亲给我留下的在鼋头渚拍的两张照片，图1是在长春桥拍的，左中是父亲，右中是我。图2是在摩崖石刻拍的。

而后上船去梅园和蠡园，当时都是私家花园。

由于季节原因，在梅园没有看到梅花，所以没有玩多长时间，父亲、我、堂兄和父亲朋友的儿子四人在刻有"梅园"两个大字的石牌旁合拍了一张照片，即图3。梅园虽然没有鼋头渚好玩，但它与后来被称为"红色资本家"的荣毅仁相关。梅园是荣氏私家花园，我们留影的石牌上"梅园"两个大字就是荣毅仁的父亲荣德生的亲笔题词。乘船去的最后一个景点是蠡园，蠡园与梅园相距不远。蠡园相传为纪念越国大夫范蠡而命名，我们在那里也拍了两张照片，图4远处是凝春塔，图5是小别墅（相传是范蠡和西施隐居处）。

鼋头渚、梅园和蠡园在历史上就是无锡太湖边上的三颗明珠。

第五天上午，父亲领着我们去他朋友的商行，与他朋友礼节性地告别，父亲的朋友已经准备了无锡特产：竹箩子装的油面筋和肉骨头。随后我们乘火车返回苏州。

这次旅行，激发了我的旅游情趣，影响了我一生。

两张照片的思念

王芝瑜

图 1 是我四岁半时拍的一张彩照，历经六十年了，拍照前发生的事还深深存在我的心底。

那是 1946 年初夏的上海，6 月的一个日子里，爸爸和妈妈给我预约，到海宁路 204 号、乍浦路东的蝶美照相馆去拍彩照（当时的彩照，实际上是拍好后染色）。不过在当时，这还是一件挺时髦的事。

我的父亲王芸生，是当时上海《大公报》的总编辑、著名报人，算得上是一个大知识分子。母亲冯玉文，是一个因包办婚姻嫁给我父亲的农村姑娘，真正大字不识一个的文盲。母亲一共生了六个孩子，我是老六。母亲对我的评语是：她是个让她父亲宠坏了的小闺女。

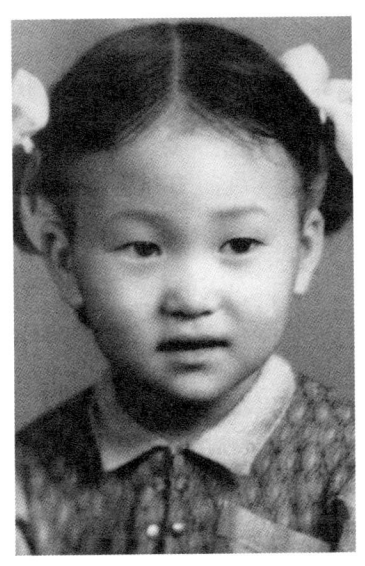

图1 四岁半时的作者。

预约拍照的时间到了,我心里一直惦记着一件新裙子,那是一件肩膀上带蝴蝶飞边的裙子,今天,我一定要穿它去拍照。妈妈从柜子里取出一件旧的小绸裙子,我一看,马上把嘴噘起来:"难看死了,我不穿这件裙子,我要穿新裙子!新裙子!"妈妈毫不退让地说:"新裙子太大,穿上像个大箩筐,那才难看呢。"我拧着劲儿地嚷:"不,不,就不穿破裙子、旧裙子!要穿新的!就穿新的!""不行!什么都听你的还了得?"妈妈仍坚持着,我也不依不饶,大声哭嚷着。妈妈这天也真厉害,毫不客气地把我身上的小汗衫脱下来,唰的一下套上了那件旧裙子。这下我可不干了,脱下旧裙子就往地上一扔。妈妈过来一把按倒我,照着我屁股又掐又打。我从妈妈怀里挣脱,光着上身,穿着一条小裤衩,一边狂奔,一边哭喊:"爸爸呀,爸爸呀,快来救我呀!妈妈打我啦,妈妈要打死我啦!"

爸爸从书房跑出来,疼惜地抱起我,迎着追来的妈妈厉声质问:"你要干什么!"妈妈气急败坏地说:"这孩子,简直宠坏了,给她照相,她还不知好歹地挑衣服……""给她照相,她想穿什么就穿什么,你不要管嘛!"爸爸的话大长我的气势,我赶紧插嘴说:"我要穿新裙子,带蝴蝶边的新裙子!"妈妈拎起我来又要打,爸爸一把把我抢过来,回手就扇我妈一记耳光。妈妈的眼泪哗哗地流了下来。妈妈哭了?这可把我吓坏了。当时我只有一个念头,他打我妈了!打我妈了!我也不知哪儿来的勇气,冲着我爸爸的肚子,一头撞了上去。我爸爸连连倒退了几步,仰面朝天摔倒在地上。只听妈妈撕心裂肺地喊着:"芸生哪!"朝着倒在地上的爸爸扑了过去。我只知道我又犯了个大错,心像结冰一样又紧又冷……不知过了多久,听见爸爸说:"我没事,我没事……"接着,缓过气来的妈妈对我进行了一顿正式的暴打,我不断地求饶:"我不了,下次我不了……"

图2 作者的全家福。

其实我一直没弄清楚,到底是下次不挑衣服了,还是不撞爸爸的肚子了。昏头昏脑中,我又被爸爸抱了起来,爸爸爱惜地对我说:"好孩子,好样儿的,会保护妈妈了。"

我撞倒了爸爸,爸爸却夸我是好样儿的,会保护妈妈了。可我保护了妈妈,妈妈却暴打我一顿,大人们怎么不按常理出牌啊?

当然,那天我还是穿着那件旧的小绸裙子照了相。晚上,我从睡梦中醒了过来,发现妈妈正给我揉着被她掐青的伤处。见我醒了,她讲了当时我还不能完全理解的道理:"小妹呀,你爸爸是咱们这一大家子的靠山哪,他可不能出事呀。没他谁来养活这么多人呢?没他谁还能这么宠着你呀?妈妈挨你爸爸几下打,没事的。你爸爸可不能乱撞啊!他可是咱家的帽花儿、小佛爷儿啊!以后你要听话,别总讹人,等着瞧你拍出的照片啊,一定好看。"(我妈妈是天津杨柳青人,"帽花儿"和"小佛爷儿",是指尊贵、娇嫩、碰不得的物件)

照片出来了,拍得还真不错。妈妈给镶了个框子,一直放在爸爸的写字台上。

1948年9月26日,我爸爸生日那天,我们全家又照了一张全家福(图2)。那天一大早,妈妈就给我换上了我最喜欢的那件带蝴蝶边的裙子。事隔两年多了,这时我穿上它,大小才正合适。妈妈说得没错,两年前穿它,简直就是穿个大箩筐。

两张老照片,引出我对父母的无限思念……

我的童年回忆

顾 农

我的故家是个大家庭,弟兄姊妹有六个之多,我是老六。小时候我们家租住在江苏泰州城北一条幽静的巷子里,门并不大,里面却是前后好几进的大宅子,有两口水井,两个大门,还有后门——那是房东家用的;我们家住厅屋,外加几间耳房,这里仪门、火巷、花厅一应俱全,还有一个小园子,虽然不算是我们家租的,但也并没有外人进来。我家有单独进出的大门和单独使用的水井,两个天井,院子里一个,仪门到大门之间还有一个更大的。两个哥哥有时在这里踢球。仪门有一过厅,是下棋乘凉的好地方。

房东姓方,是一家面粉厂的老板,外地口音,只有一个女儿。父女俩住三四十间房子,太冷清了;而我们家祖孙三代，孩子又多。据说方老太爷就是看好我们家人气之旺，我父亲又有很好的声誉，才租给我们家的，房租并不算贵。

　　先前我们家确实很热闹，几个姐姐都非常出色，成绩好，能讲演，会演戏，二姐尤其是文章高手，还办过学生文学刊物呢。不过这些事当时我都不大了然。我比二哥要小七岁，比上面的姐姐们更要小十多岁，而且我小时候大约很糊涂，简直记不得什么事情了，只是看他们都忙得很，不大有工夫同我玩。

　　比较有印象的只有两件事。一是我大约在四岁的时候就被送进一家私塾里去读书。这私塾就在我家斜对门，先生姓高，一把白胡子，人最和气不过。他有一个孙子和我同年生的，常在巷子中间一段铺着青石板、最宽最干净的地方一起玩。白天姐姐哥哥们都上学去了，我一个人在家很无聊，缠着妈妈讲故事，可惜她老是生病，也没有多少好玩的故事，尽讲些早就听滥了的，听得逼人耍赖。于是父亲决定把我送到高老夫子那里去上学——"关他半天也好。"

　　这学上得很自由，我愿意去。什么时候到都可以，去了以后先磨墨，先生要求磨半点钟，要用劲磨，墨要拿得正，不能把墨锭磨歪了；磨好墨就趴在我那张书桌上描红，上午一张，下午一张。下午描完以后，就把两张一起送给

图1 1947年,作者和姐姐哥哥们在泰州合影。后排左起:三姐、大姐、二姐;前左起:二哥、作者、大哥。

高老夫子看去。他让我把每个字念一遍给他听,念对了就摸一下我的头,他不摸我就知道错了,重新念,如果还不对,先生就说:"你又玩糊涂了!"重新告诉我这是什么字,在什么话里头有这个字。接下来布置明天要描的一张,把上面每个字讲一遍,让我跟着念,念完就可以放学回家了。不回家再在这里玩一会儿也行。

上午描完字还有好长时间才吃中饭,高老先生允许我在他家院子里玩,看蚂蚁搬家,拍皮球,滚铜板,但不许大声说话;其实只有我一个人,也说不成话。还可以在自

图2　1956年,作者家人在泰州合影。左起:作者、父亲、母亲、二哥。母亲怀中的女孩,是老人家的外孙女。

己的座位上看小人书,但只能自己一个人看,不准别的学生看——他们岁数比较大,功课多,不能分心。中间随时可以回家:喝水,小便,洗手,都回家进行。我回家主要是洗手,磨墨和写字的时候很容易把手甚至是脸弄脏;每次回到家,总是外婆帮我洗,一面洗一面说:"看你脏的,学问又大了!"洗完给点好东西吃一吃,打发我"回学堂里看书去!"我的"学问"大约就从这时开始上道的吧。过了一年,高先生又教我算术,全用口算,不写,也不用做功课。

外婆对我最好,她又最会做菜,比我妈能干多了。她一天到晚手脚不停,姐姐们劝她歇歇,或要给她帮忙,她老是说:"你妈妈小时候太苦,把身体弄坏了,还是我来。这点事算什么,你们念你们的书去!"

印象深的还有,一天当中最热闹的晚上,姐姐哥哥们都回来了,吃罢晚饭就分两张桌子点起大煤油灯来做功课,几间屋子里到处亮堂堂的;父亲也在他房间里看书或者写什么东西。他那里少去为宜,一去他就会写几个字来考你,不管这些字高先生讲过没有;不去他就不问,也不教你认别的生字。两个哥哥偶尔吵闹,会被他训得鼻塌嘴歪。我在两张做功课的桌子之间来回窜动,问这问那,要他们帮我画张画,要像小人书上那样的。闹到他们嫌烦的时候,往往由二姐牵头,每人拿出一点零用钱来,凑齐了交给我,到街头上买点花生糖果来。我最高兴跑这个腿,买到手以后先尝一点,回家分六份,我那一份总比较多,吃完没有心事了,我也就困了,睡觉。他们什么时候睡我不知道,第二天起来的时候他们早就上学去了。

大约因为老在临睡以前吃东西,我后来牙坏得很早,至今已经没有多少"嫡系部队"。

1951年私塾关张,我已经七周岁了,于是进小学去读书。因为我字认得多,又写得好,还会四则运算,一进去就上三年级。级任老师说可以上四年级，我妈不同意，说不要把身体读坏了，于是我一出茅庐就算三年级学生。高老先生听说这事以后很高兴，逢人就说他教的学生哪一个也错不了。

大明湖的童趣

第一趣是"发水"。在酷热的夏季,大明湖有种现象叫做"发水"。当晴空万里、太阳直射湖面,温度高达四十多摄氏度时,如果午后两点左右下一阵暴雨,雨水将温度较高的湖水压在下面,第二天天刚蒙蒙亮时,在湖边就会出现发水现象。

在水不流动的池子中发水现象更加明显,原来在池底的长六七厘米的大白虾由于池底水温突然升高而缺氧,就会慢慢地游到岸边,小孩子们一早起来抓,不长时间就会抓足一小盆。抓了并不为了吃,只是为了玩。发水是孩子们十分高兴和盼望的事。

20世纪50年代后,由于大明湖改造,水变深了,随

图1　城墙与护城河。约摄于1929年初。

之水生植物基本消失，发水现象也就没了。

第二趣是"红鹳"与"白鹳"。春夏秋季，大明湖都会有许多水禽，它们在水中游，在湖面上飞，春来秋往，不仅点缀了大明湖的风景，也是维持城中湿地、造就良好小环境、小气候的生物链中的重要一环。

常见的水禽中最惹人喜爱的是被大明湖湖民称作"红鹳"与"白鹳"的水鸟（学名与属类不详）。平时红鹳多见，白鹳较少，它们性情温顺可爱，体态柔美，在湖中可飞可游。它们的身形大小如家中养的鸡，比鸡略小一些。红鹳通身乌黑油亮，头顶上有一个通红透亮的大红冠子，这可能是它名字的由来。大明湖的湖民们把"鹳"字发儿化音，透着对红鹳的喜爱。

它们把窝搭在蒲菜地里三四棵比较靠近的蒲菜中间，用水草搭成一个口径约十五厘米的圆锥体的窝，非常牢固地浮在水面上，下面泡在水中。一般窝中都有一到两个红鹳蛋，大小似鸽子蛋，灰白色，有鸡血点。有时窝中有刚孵化出的小红鹳，近似刚孵出的小鸡，比小鸡更可爱：通黑透亮的绒毛，叫声稚嫩动人。

一到暑假，小伙伴们便结伙偷一个木盆到蒲菜地里逮小红鹳，一般都会有收获。将小红鹳逮回家精心喂养，天天给它逮小鱼虾，可是事与愿违，它总是养不活。据说这是红鹳的天性，一旦离开自己的父母，离开水中的窝，顶多十天半月就会死掉，小伙伴们往往会伤感几天。

而现在大明湖似杭州西湖的一角，水深了，水生植物少了，野生的鱼虾更少了，水禽水鸟也不来了。现在只有一种类似麻雀的、被当地人称为"喳喳曲"的鸟类偶尔出现在残存的湖边芦苇中，它叽叽喳喳的叫声不时勾起老人们的回忆。

第三趣是"大儿"与"窜花"。夏季是大明湖最美的季节，放眼望去，蒲菜、荷叶及初开的荷花，加上湖中的柳树界

图2　穿着特殊皮袄踩藕的人。从照片上可知此时应是深秋初冬季节,湖面尚未结冰。约摄于1937年。

子上的芦苇鳞次栉比。岸边、湖中飞着各种蜻蜓。大明湖的蜻蜓可谓种类齐全、花色繁多,有大的有小的,有黑的有红的。有几种蜻蜓特别引人注目:"红姑娘子"个头不大,通身红亮,红中还透着金灿灿的斑点;"老黑"是浑身黑亮,除眼睛、翅膀外全是黑的;还有一种叫"剪子股"的,颜色也是黑的,身形特别,眼睛像两个小球通亮地顶在头上,身子短,尾巴长,翅膀长而窄,尤其特别的是飞行中不停地以一种频率上下翻动翅膀,基本不滑行。它落在荷叶上

图3 大明湖独有的木盆,是湖内交通、作业工具。约摄于1942年。

或芦苇上时翅膀不是平行的,而是并在一起,与身子和尾巴形成近50度的角,形似竖立的剪刀,这可能是它的名字的由来。

以上这些蜻蜓属于飞行距离短、范围小的。还有一种大蜻蜓,雄的俗称"大儿",雌的俗称"寎花",体型比一般蜻蜓大一倍多。大儿尤其漂亮,还透着傲气和霸气,它长长的尾巴前面的肚子呈翠蓝色锥体,透着瓷釉般的美丽。寎花与大儿大小差不多,但没有翠蓝色的肚子,通身呈现暗红色。它们的特点是飞行速度快、距离远,专门顺着河道飞行,备受孩子们欢迎的是他们可以用"引蜻蜓"

我的童年

图4 大明湖的面积占据了当年济南城的三分之一,可以说是济南之肺。到了夏天,大明湖畔都是来此乘凉的市民。约摄于1940年。

的办法逮住飞行中的大儿。

孩子们就地取材,找一根较长的芦苇,去掉下面的叶子,保留上面的嫩尖,用柔软的嫩尖挽一个活扣,拴上一只形似甾花的假甾花,当见到大儿从远处飞过时,就不失时机地一边高举芦苇上的假甾花,一边高声呼唱:"噢……过来了吗呢又来了,骑着马马呢扛着刀……过来了吗呢又来了……"如果大儿不朝孩子们飞来,就接着改唱:"不听吗呢不理,刮大风吗呢下大雨!喂过来了吗呢,又来了!"说来也神奇,这时大儿会猛地转身朝孩子们飞来,直扑芦

图5 因为水浅,大明湖中较大的游船需要两人冲撑。

子上的假窜花。关键时刻到了,要掌握好高度和速度:高度随着它边一圈圈地转边降低,速度同时慢下来,使大儿紧紧跟着假窜花,当假窜花转到眼前的地上时,大儿正好扑上去,借大儿正与假窜花扑到一起,大儿还没有认清的当口,立马用左手捕住大儿。孩子们当时的兴奋劲儿难以形容,中午不长时间就可引到五六只。当双手夹满大儿时足有七八只,回家放到蚊帐中让它们吃蚊子,或者用它们喂鸡。

第四趣是小河摸蟹。济南解放初期,护城河从苇闸桥

图6　历下亭的初春时节。摄于1929年。

向北流去,自此向东有条与大明湖北水门相通的河,河面较窄,水流平稳,俗称"小河"。那时的济南山清水秀、泉涌柳绿,就连这无名的小河也是水草丰盛,蚌蟹满河。每到夏秋之季,尤其是暑假期间,这里便是我们祖居大明湖北岸铁公祠一带的小伙伴们常来逮蛐蛐、引蜻蜓、摸蟹的地方,最有趣的就是摸蟹了。

一般摸蟹三至五人结伴而行,一至两人在岸上提着鞋,拿着盆或蒲子(蒲菜的外皮,晒晾后可当绳子用,用来捆螃蟹),有经验、有胆量的两至三人在河里摸。螃蟹窝一般在靠岸的水皮上下的水草中，窝口上一般有松软的颗粒状泥土掩盖。初次摸蟹时，高高地卷起裤腿下到河里已是兴奋不已，一旦发现类似螃蟹窝的地方，马上激动地高喊："这里有螃蟹窝！"用手拂去松泥，如果真有螃蟹窝，就更加激动，不管三七二十一伸手就摸，这时伙伴们传授的摸蟹方法早丢到脑后。当手指刚碰到螃蟹时，由于兴奋慌乱，早无了章法，指头肚已被螃蟹夹住，忙往回抽手，螃蟹也被带了出来。虽然流着血，却也兴奋得忘记了痛，激动地高喊："我摸了个大的！"岸上的伙伴一面祝贺，一面帮忙拿下夹着的螃蟹，这时才觉着手痛，赶紧在河里涮涮手，把带伤的手指放到嘴里，猛吮几口，吐出血水，这才想起在窝里摸螃蟹的方法：碰到螃蟹时，首先不能慌，二要迅速伸开手，三是使手心部位靠近螃蟹的同时立即攥住螃蟹。依照此法，确实得心应手，收获颇丰，一会儿就抓了十几个。

　　随着经验渐渐丰富，小伙伴们胆子也越来越大。有一次上午不到十点我们就来到岸边，我抢先下到河里，水有点凉，不觉打了一个寒战，立即产生了一种不愉快的感觉。我很快就发现了一个螃蟹窝，伸进手去没有摸到，再往里伸，还是没有，直至胳膊全部伸进去，耳朵已经触到水皮也没摸到。正在迟疑时，忽然感觉胳膊下面又凉又滑，嗖的一下从腋下蹿出一条东西，顿时吓得我一下蹲倒在河里。

伙伴们大惊失色,赶忙来扶我并问我怎么了,我描述了刚发生的情况,经验最丰富的伙伴说:"这是水长虫,无毒的,没事。"从那以后,教训变经验,我们一般上午不摸螃蟹,螃蟹窝很深摸不到的,也不再继续摸。

童年纪事

张建英

我的童年是在北京和锦州两地度过的。我家在北京的住址是北京王府井大街多福巷6号。那时爸爸到朝鲜去参加"抗美援朝",妈妈在北京天坛中央直属第一医院工作。我的童年是随姥姥一起生活的。姥姥善良、能干、吃苦耐劳,她最大的优点是有一颗爱心,能为别人忍受常人难以忍受的痛苦,她的品质给了我人生最初的教育。尽管她没有文化,却培养了舅舅,使他成为一名大学生。姥姥非常爱我,我也爱她,从小学、初中到高中,我一直是一个好学生,那是与姥姥的教育和影响分不开的。

小时候每当我问起爸爸时,姥姥总是把我搂在怀里,眼里含着泪,不停地念叨:"也不知你爸怎样了。"善良

图 1 作者在北京四合院与小朋友们合影。

图2 作者和父母合影。

我的童年

的姥姥总是把爸爸的安危寄托在算命先生那儿，几乎每个月她都会请不同的算命先生给爸爸"算一卦"。1953年，有一天我正在院子里玩，忽然来了一位志愿军叔叔，提到我姥爷的名字，小朋友都围了过来。志愿军叔叔却说认识我，姥姥看见他，泣不成声，成串的泪珠流了下来。这就是我爸爸。这一下我反而觉得爸爸非常陌生，就躲在姥姥的背后。我印象中的爸爸是照片上的，眼前的爸爸又黑又瘦，一点儿也不像。

在北京的几天里，爸爸天天都领我去玩，给我买了很多好吃的，还有书包、布娃娃和裙子，同院的小朋友美信、小敏……可羡慕了！（图1是我在北京四合院与小朋友们合影）爸爸还天天讲朝鲜的故事，记得最清楚的一件事就是因营养不良，爸爸及他的许多同志患了夜盲症。战争带来的夜盲症与北京的生活，这之间的距离，只有我长大成人后才能体会。我背着爸爸给买的紫色书包，把布娃娃放在书包里，头和手露在外面，去颐和园、去北海、去天安门……这一幕一幕就像电影一样浮现在眼前。在北京我们照了许多照片。

几天后爸爸所在的铁道兵部队集结去了陕西渭南。接下来的两张照片是我和妈妈去陕西渭南看爸爸时照的。妈妈在北京买了很多好吃的东西，还买了烤大虾，因为据说可以治夜盲症。

爸爸给我买的紫书包里也装满了吃的东西，为了减轻重量，没有带那可爱的布娃娃。到了渭南才知道城市以外的世界是怎样的。照片（图2）上我们身后那沉甸甸的黍子说明了我们是1953年秋天去的渭南，身后那隐约可见的房子，是当地老百姓特意腾出来的。看爸爸那时多瘦啊！看他那滑稽的表情和我笑嘻嘻的样子，当时爸爸正跟我开玩笑！表现了他在艰苦环境中乐观豁达的心态。当时老百姓的生活是辛苦、艰难的，没有电，但是他们对回国后的志愿军非常好。小米饭就是他们最好的主食了，可我却吃不惯，十分留恋北京的生活，尤其晚上只点煤油灯，我更闹着要回北京。爸爸和他的战友们教我表演手影，通过煤油灯在墙壁上映出小兔子、狼、和平鸽……这给了我很大的乐趣。渭南的老乡还给部队送来米酒和鸡蛋，不是渭南用黍子酿成的米酒，而是用江米做的酒酿。米酒冲鸡蛋是我和妈妈最爱吃的，这种饮食习惯一直沿袭到今天。

另一张照片（图3）留给我的记忆仍深深地印在我的脑海里。在渭南最好玩的是白天，野外的景色是北京没有的。我和爸爸、妈妈在野外散步，一位陕南的老乡赶了一群羊走过，我跟着羊跑。因为在北京从来没有见过羊群，爸爸让白布包头的陕南老乡牵一只羊过来。这只羊挣扎着要跑，

图3 作者与母亲合影。

我们都哈哈大笑。爸爸让老乡进入镜头,可他帮我们按住羊以后就跑开了,爸爸按动快门留下了这张照片。现在想,如果当初老乡不跑开,让老乡牵着这头羊,我和妈妈摸着羊不是更有意思吗?在渭南我们还和当地的老百姓一起看过陕西梆子《拾玉镯》。陕西梆子就是秦腔,这是我长大后才知道的。

爸爸一生跟随铁道兵走南闯北,我也跟随他去过东北、武汉、湛江、海南岛……但最使我难忘的是童年这二十几天在陕西渭南的生活。想起爸爸在渭南那段艰苦的生活经历,想起渭南老百姓的朴实、热情以及他们的艰苦生活,就有一种力量在鞭策着我,让我在困难面前不低头,使我更达观。这是爸爸给我的一笔精神财富!

童年的朋友

张 威

这是我最早的照片,照片中的两个小伙伴是我最早的朋友。

我生于北京通州农村,那时全村有一百二十户人家,百分之九十姓张,从家谱上看,全是"一家人"。

村里只有一所初级小学(一至四年级),位于村东头古庙的西厢房,三间连成一室,只有一位老师。那时他已五十多岁了,身材高大,一只眼失明。据说他原在外地教中学,老年还乡是为造福家乡子女。一个老师教四个年级,课程是国语、算术、珠算、音乐、美术、毛笔字。他样样行,真算是"全才"了。学生犯了错误,他用木板打手掌,气急了还用藤条打人。现在想想,他的严格管理,也是我

作者（右一）与童年的朋友合影。

们成人成才的因素之一。

那时我很顽皮，爱玩。有时课堂上趁老师不注意，便钻到桌子底下"挖地洞"。下课了，在庙宇的石阶上比赛拍皮球。放学了，在村子里弹玻璃球。记得有一年，由于弹球，右拇指指甲从中间纵裂开来，直到完全脱落。由于是独生子，尤爱交朋友，这张照片是上四年级时（1953年）拍摄的。我们三个很要好，一个年级，一起玩，称兄道弟。图中右一是我，算老二。中间的是老大，叫张绍儒。左边的老三叫张瑞芳。说来也好笑，按宗族辈数算，我比老大长两辈，比老三长四辈。但小顽童们不计较这些，也不让家长知道。为永结兄弟，我们三个人背着家里，跑到十二里外的张家湾镇拍摄了这张照片。这是我一生中最早的一张留影。从照片可以看出摄影师的技术不高，布景过于单调。那年代农村孩子能穿一件学生服已很时髦了。我和老二都穿上了学生装，而老大穿的还是农村典型的对襟棉衣。我们胸前挂的是当时最时兴的中苏友好纪念章，我还戴着当时最流行的棉帽子。初小毕业，我考取了离家五里路的台湖高级小学，毕业后考取了北京汇文中学。中学毕业，又考取北京医科大学。他俩均未能考取高级小学（那时初小考高小的录取率只有百分之十）。老大承袭了其祖传的木匠手艺，三十多岁时因事故去世。老三一直在家务农，在"阶级斗争为纲"的年代，他这个富农出身的人，说媳妇成了难事，据说快到四十岁才娶妻安家。

"未觉池前春草梦，阶前梧叶已秋声。"六十多年过去了，黑发童颜的朋友，有的已去世，活着的也满头白发了。

我童年时的小镇——凤翔

白 兰

1958年5月,我随自河南安阳军队转业的父母来到黑龙江省萝北县,图1是离开安阳时父亲白文明、母亲谢庭华与我的合影。县城驻地是隔黑龙江与苏联相望的凤翔镇。当时的小镇中心防火望楼上,挂着一个高音喇叭,定时播音,早晨的开始曲是《社会主义好》,晚上的结束曲是《大海航行靠舵手》。那时看时间不方便,就用听歌曲来判断父母上下班的时间。父母在县委大院工作,我自然被安排在县机关幼儿园。父母工作忙,常常晚上加班、开会学习,无暇照顾我,就把我长托在幼儿园里,每周六晚上接回,周一早晨再送回去。我们幼儿园规模大、条件好,且多为参加开发建设"北大荒"的转业官兵子女,所以受到许多

图1 作者与父母合影。摄于1958年。

偏爱,每逢节假日,特别是六一儿童节,县委、县政府领导都带着礼物来幼儿园看望我们。图2是1958年六一儿童节,县领导看望我们离开后,部分老师和大中班孩子们的合影。前排左五是我,后排左五为张秀华园长,左四为姜桂芝老师。姜老师家住哈尔滨,十七岁那年初中毕业,只身来到凤翔镇当幼儿教师,她对我特别关照。图3是1959年六一儿童节拍摄的,孩子们怀里抱着的是县领导刚送来的玩具。后排左一为姜桂芝老师,三排男孩儿打扮的是我。我小时候头发稀少,母亲总是为我理男孩儿头。当时我的名字叫白朗,顽皮的小朋友给我编了一首儿歌:"白脸狼,

图2 六一儿童节合影。摄于1959年。

好吃糖,吃不着,哭一场。"在我的强烈要求下,上学后改为白兰。后来我们搬到汤原县,巧的是姜老师一家也迁到汤原,我们两家一直有来往。1978年夏季,我去姜老师家看望她时,姜老师把图2、图3两张老照片送给了我,我很激动,往事一幕幕浮现在眼前。记忆中的幼儿园是一排板夹泥平房,院子很大,院子周围树木葱郁,朝南大门的一侧有一棵我叫不上名字的大树,每到夏季就渗出透明的液体,再结晶堆积在树干上,我和小朋友们都品尝过,很甜。院内有一涂着绿色的木制大滑梯,我常爬上高高的滑梯平台上,凝望母亲的单位(县委大院后面是幼儿园),

一想到母亲虽近在咫尺却不能相见,我就哭。据母亲讲,每次送我去幼儿园,我都哭,直哭到她走远看不见为止,现在想起来,这种长托对孩子的心理是有一定伤害的。

那时的镇周围空闲土地很多,而生活物资贫乏,特别是副食供应不足,县里为改善干部的生活,鼓励机关人员业余开荒种地。开垦出的地叫"小开荒",星期天,我多次随父母一起去我家的"小开荒"耕种、收获,尽情享受阳光、蓝天、清风,满目绿油油的各种蔬菜,那种原生态的田园生活以后再没享受过,至今我还十分怀念。由于经常到田里去,勾起了我一个想法。我家墙上有一幅画,画中一农民锄地,一女孩儿在一旁观看。我非常喜欢这幅画,要求父亲按照这幅画给我照张相,父亲听后非常赞成,就用自行车带我去了照相馆。可照相馆内既无锄头,更无农田,父亲和我商量,改为我站着,他蹲在地上看着我(图4)。照完相,在我的要求下,父亲带我去饭馆吃了一顿。那时我每次从幼儿园回来,都感到肚子空,特别馋。后来父亲常常提起我小时候特别能吃肉,下饭馆要两碗红烧肉,尽我吃,剩下的他再吃。从图片上看,我的穿戴还算讲究,上衣是父亲去北京学习时为我买回来的绿毛衣,下身穿的是母亲亲手织的红毛裤,脚上穿着时髦的小皮鞋,当时任县委工业部副部长的父亲却穿着打补丁的解放鞋。

图3 六一儿童节合影。摄于1959年。

小镇边上的河中，鱼类资源丰富，工业部有个打鱼队，常常给职工分鱼，有鲤鱼、鲫鱼、大马哈鱼等。父亲也爱好钓鱼，每次都能钓到成堆的鱼，冬天就破冰捕鱼。那里的冬季特别冷，家中房门外有个挡风的小门廊，内有一个水缸，是我们家的天然冰箱，一年中，有半年装有鱼，有时还有野鸡、野兔等。小镇北部为山地，茂密的森林里有很多野生动物，下雪的冬季，常有猎人出售猎获的野鸡、兔子。我特别爱吃野鸡肉炒辣椒。据母亲讲，当时常有外地人，特别是上海人出差到小镇上，都会买几对野鸡带回去（当地野鸡按对卖，一公一母为一对）。三年困难时期，通货膨胀，父母的工资虽高（相对当地水平而言），但也买不到多少东西。好在当地自然资源丰富，我们一家人没有挨饿。

1961年秋季我入凤翔小学读书，母亲凭票在县政府专门为转业军官设立的内部供应站，为我买了两个印有"武松打虎"图案的文具盒：一个是武松用木棍打；另一个是木棍断了丢在地上，用拳头打。父亲用小刀在文具盒的后面刻了我的名字。这两个铅笔盒我非常喜欢，不想第一天就丢了一个。一天放学后，去学习小组做作业时被同学"偷"去了，我回家后才发现，被母亲一顿训斥。我知道是哪个同学拿去的，但不敢问。母亲在文教科工作，与老师很熟，

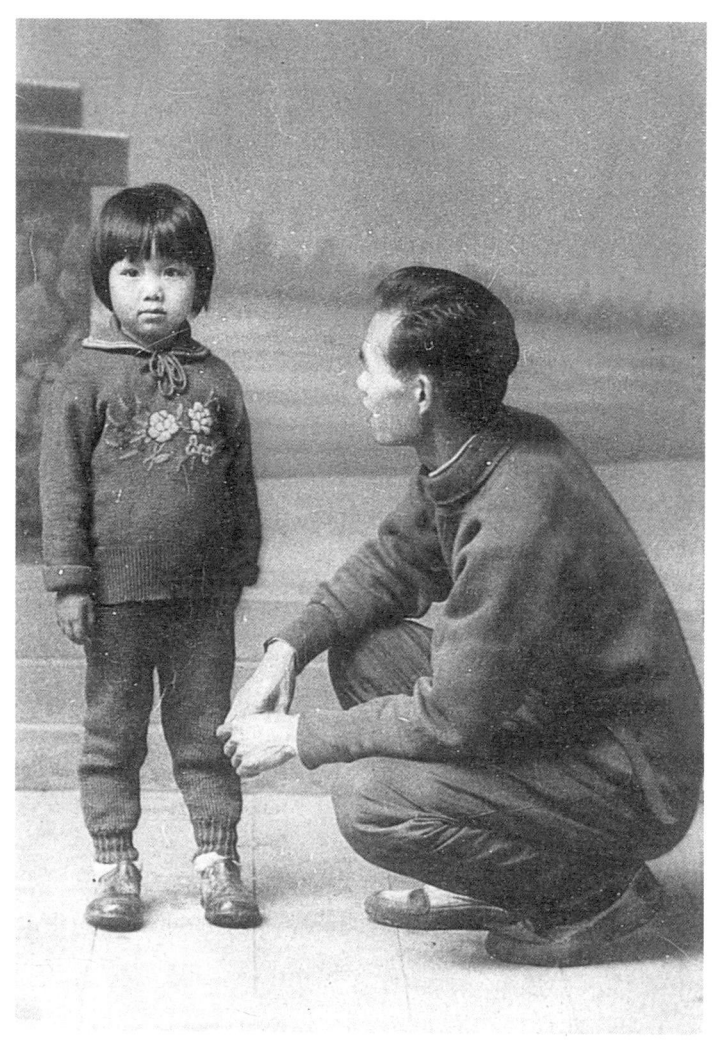

图4 作者和父亲合影。

我的童年

图5 作者（左）和两位好朋友合影。摄于1963年。

老师为找回我的铅笔盒做了不少工作，可是过了一个多月也没人交出来。一天我在上课间操时，假装上厕所，从同学书包里找回了上面刻着我名字的"武松打虎"文具盒，并告诉了老师。从此，我上学再也不敢带文具盒了。

小镇北部山林地带常常有狼、黑瞎子（黑熊）等野兽出没，冬季下午三时天就黑了下来，我小时胆小，怕狼、怕黑瞎子，甚至连公鸡也怕，放学路上老师护送一程再离去。直到现在我也不明白，为什么邻居家的大公鸡一见到我就撵着啄我，有时飞到我的肩膀上，吓得我每次回家都是抱头鼠窜。同学王茹心家离我家不远,她大我两岁,胆子也大,常常护送我一程再回家。离开她我基本上是一路小跑。我现在心脏不好,不知是不是当年吓的。

1963年2月,我家迁至汤原县,行前母亲带着我和两个好朋友去照相馆照相(图5)。中间为同学王茹心,右为邻居周大萍。

五年的小镇生活给我留下了无尽的思念,离开后再也没有回去过。屈指一数已四十四年了,儿时的伙伴都应是子孙绕膝了。现在,我家的"小开荒"肯定是不在了,但那里的天如今还蓝吗?风还清吗?阳光还灿烂吗?河里还有那么多鱼吗?我虽远离黑龙江,生活在美丽的海滨城市威海,但还是很怀念童年在凤翔小镇的生活和朋友,不知有生之年是否还有机会再回到世外桃源般的凤翔小镇。

童年琐忆

李南央

吐出来的食品

现在回想起来,我真的不知道小时候为什么会那么馋。一直到进了工厂,有人给我提意见,还是说我嘴太馋。大概是三岁看老,没出息定了。

我两岁半从长沙到北京,爸爸妈妈把我送进了幼儿园。不知为何,身体一下子变坏了,三天两头得病,爸爸就请幼儿园的大师傅给我做点小灶。因此我有时会在别的小朋友分到饭后,得到厨房特意为我送来的热热的肉汤面。正在得意地吸溜时,看见别的小朋友眼巴巴地望着我的饭碗,我会毫不吝惜地把面汤里的肉片含在嘴里,趁阿姨不注意

图1 作者三岁时,摄于北京大学校园内。

我的童年

时，吐出来分给别的小朋友。看来我尽管很馋，但还没有到吃独食的地步。

上小学住校时，食堂的食品是不许拿出饭厅的，只能在里面吃完。一次吃皮蛋，一人一个。那个东西黑晶晶的，还有好多珊瑚一样的花，我实在舍不得一下吃完，就把它含在嘴里带出饭厅，回到寝室后吐出来藏在枕套里，待夜深人静，偷偷地从枕套里掏出蛋来，一小口一小口地咬，慢慢地嚼，吃了好几天。那是我到目前为止吃得最香的一只皮蛋。

逃出幼儿园

对吃的特别爱好，竟然让我为了家里的大橘子，从幼儿园偷偷逃出来一次。

那是在冬天，家里不知怎么买到了许多大橘子，真甜呀。回到幼儿园，橘子的滋味仍然在我的嘴边。星期二我实在熬不住了，向我的好朋友贺小平诉说家里大橘子的香甜，竟然把她也说得口水直流。我对她说："咱俩一起逃出去吧，到我家去吃橘子。"她毫不犹豫地答应了。晚饭后，小朋友们都在宿舍里玩，不知那些男孩子看出了什么，他们总是围着我们两个人转，使我们无法脱身。他们转着转着，背朝向我们，趁那一瞬间，我拉着贺小平钻进了床底。

图2 1957年时的作者,身上穿着那件绿大衣。

领头的男孩儿回身不见了我们,大吼一声:"有人逃跑了!"小朋友们便呼啦啦和他一起冲进了隔壁的游乐室。我和贺小平趁机三窜两跳,从另一侧跑出了寝室,直奔前院的幼儿园大门。大门虚掩着,传达室的大爷正好不在,我俩合力打开那扇沉沉的门,跳出了高高的门槛,一路向8路汽车站跑去。那年我四岁,个子已经超过了一米,应该买车票了,贺小平的个子则是班里最高的。可是我们兜里一分钱没有,上得车来,两人低低地蹲在座位旁。没想到售票员阿姨真是好心,大声说:"哪位乘客给这两个小朋友让个座位啊?"立即有人起身让我们坐下。坐下就放心了,因为这样就看不出我们的高矮了。到了六铺炕,我们高高兴兴地和售票员阿姨说了再见,下了车。车站转瞬间变得空荡荡的,地上的雪亮亮的,我们一下子觉得有些冷,有些慌了。如何回家呢?回家不是要挨骂吗?我灵机一动,说:"先上我的好朋友家吧,等半夜了,我们再偷偷回家,偷出橘子我们就回幼儿园。"我根本没有想到家里的门上了锁,如何能够进去呢?

就这样,我们来到在九号楼后门洞住的一个姓唐的叔叔家,他的大女儿已经上了小学,是我的大朋友。恰好是这个大姐姐开的门,我向她说明了情况,她痛快地说,你们就先在我家玩吧。她家不知为何正好有一个空空如也的

图3 1958年，作者与父亲在颐和园。这是保留下来的唯一一张作者小时候和父亲在一起的生活照。

我的童年

大屋子，我们就在里边玩拽包，玩得很高兴，忘了一切。大姐姐突然说："我爸妈大概快开会回来了，你们得走了。"我们乖乖地和她一起下了楼，她用两分钱买了一个心里美萝卜。20世纪50年代初的雪天，常常会有人推着板车出来卖萝卜："萝卜，赛过梨！"听着脆亮的吆喝，看着车上那盏悠悠的马灯，还有被灯照亮的切成花瓣状的紫红紫红的萝卜，觉得这真是一个温暖的去处。我们三人就站在板车前分吃了两分钱的萝卜。大姐姐说："我得回家了，你们自己在外边等天大黑吧。"临走，她慷慨地把萝卜皮给了我们。

天实在太冷了，我想起了单身宿舍八号楼有一个锅炉房，就和贺小平跑到锅炉房，在炉子壁上烤萝卜皮吃。这一路，无论是售票员还是卖萝卜的，以及锅炉房烧锅炉的，居然没有一个人对两个四岁大点儿、寒冬里连大衣都没穿的孩子在没有大人带着的情况下乱跑感到奇怪。

我们的幸运在九点半的时候结束了。正在萝卜皮业已吃完，我开始想到即使天大黑了也无法偷偷溜进家门的时候，忽听耳边一声大吼："你这个丫头在这儿啊，整个儿北京都在找你！"回头一看，是住在我家楼上的一个叔叔，他手里拿着一个暖水瓶，显然是来打开水的。他水瓶也不要了，不容分说，一手一个，薅着我们的衣领，一路跌跌撞撞把我们

图 4 1959年初冬,作者与母亲在刚刚建成的农业展览馆前,身上穿的仍是那件绿大衣。

拽回了家。敲开家门,我们一下就傻了,客厅里灯火通明,幼儿园园长、班上的阿姨,还有穿着制服的警察坐了满满的一屋子。他们看着冻得缩成一团的我们,也傻了。原来,大人们都以为我们是穿了大衣跑出来的,给公共汽车和派出所提供的线索,是两个孩子中有一个穿着绿呢大衣。在那个年代,穿那种大衣的孩子全北京也找不出几个。他们正奇怪,怎么会完全没有线索,这时方知我们居然在十冬腊月里没穿大衣就跑了出来。妈妈问我为什么要逃园,我说:"我想回家拿橘子。"一屋的大人哭笑不得。贺小平立即被园长领回了幼儿园,我则被妈妈留在了家里。原以为妈妈可能会发慈悲,给我一个橘子吃,结果是一丁点"可怜见"也没有,只说睡觉吧。当天晚上我的哮喘发作了,因为怕挨妈妈的骂,我使劲憋着,不让喉咙发出嘶嘶的响声。第二天一早,妈妈用她的头巾和大衣将我裹了个严丝合缝,乘公共汽车把我送回幼儿园。橘子没有吃成,但这是记忆中妈妈唯一的一次亲自送我上幼儿园,心里还是满意的。

见到毛主席

爸爸在1958年当了毛主席的兼职秘书,我却浑然不知。有一次回家,妈妈说要和爸爸一起带我去看京剧。这可是天大的好事！第一是爸爸、妈妈两人都去，第二是带我而不是带哥哥。我简直不相信这是真的。妈妈把罩在我棉袄外边的罩衣脱去，露出好看的深粉色带小花的绸布棉袄面，还给我别上爸爸从苏联带回来的垂着两颗珍珠的和平鸽胸针。我和爸爸、妈妈坐着车去了一个很小的礼堂，不是外边的那种真正的剧场。我和妈妈的座位在剧场的后边，爸爸的则在前面。剧迟迟不开演，我有些不耐烦了。突然，观众中出现了骚动，坐着的人们都站了起来，使劲地鼓掌。我正糊涂着，妈妈兴奋地对我说："毛主席来了！"我急忙问："在哪儿呢？在哪儿呢？""就在前面，毛主席正和赫鲁晓夫一块儿进来。"我的眼前是黑压压的人头，急得我直嚷嚷："我什么也看不见！"妈妈也顾不上许多了，一把我抱起放在椅子上，我站到椅子背上，看见了毛主席健壮的身影、矮矮的秃头的赫鲁晓夫。我高兴地大笑："看见了！看见了！"许久，人们才静下来，演出随即开始。我没有心思看演出，老是伸着脖子想多看看毛主席，却只能看个背影。幕间休息时，妈妈说："你到前面去跟毛主席说说话。"我跑过去，还差一排，怎么也不敢往前走了，只得又跑回自己的座位："我不敢。"妈妈说："有什么不敢的？"我就又跑过去，但还是站在毛主席坐的那一排边上，不敢凑到毛主席跟前去。就这么跑过去，又跑回来，

我的童年

任凭妈妈怎么鼓励我，我到底没有敢走到毛主席身边，去跟他说句话。毛主席在我心中太伟大了！如果那时我知道自己的爸爸在给他做秘书，也许就不会那么害怕了。

这是我最接近毛主席的一次，也是唯一的一次可以走到他身边，叫一声"毛爷爷"和他说说话的机会，却让我傻乎乎地错过了。

小学五年级时，有一次作文课的题目是"记最幸福的一件事"，我写了那次见到毛主席的经历。怎么写的，一点印象都没有了，但居然让同班的一位同学记住了。四十年后，他在澳大利亚看到了宋晓梦写的一篇文章。这位同学把李锐的女儿李南央和他的那位见过毛主席的小学同学，十分有把握地联系在了一起。他给宋晓梦写了封信打听我的地址，一年后我们在北京见了面。他说："我至今记得你作文里写的一些情节。"看来，我确实把见到毛主席写得很幸福，不然不会给他留下那么深的印象。

哥哥的花衣裳

王晓珊

这张我与二哥、二姐的合影，距今已有四十个年头了。然而，不论何时，只要看到它，总要想起儿时的岁月，特别是看到照片中歪戴着帽子、趿拉着鞋、穿件又小又瘦的花上衣的二哥，总要想起他小时的种种顽皮，以及多少次因不愿穿花衣服与母亲吵闹的情形。

从照片下面的一行小字可以看出，这张照片是1959年在西安市莲湖公园拍的。那年我五岁，二哥不到七岁，还未上学。我还模糊地记得，那是个春光明媚的下午，外婆带着我们姊妹三人到公园去玩，路过公园内的照相馆时，外婆突然心血来潮，于是就有了这张照片。

回想起来，1959年正是三年自然灾害的初期，当时

作者与二哥、二姐合影。

吃的怎样印象不深了，不过对穿衣服"新三年旧三年，缝缝补补又三年"的传统至今还记忆犹新。那时孩子们的衣服总是像接力棒一样从老大传到老小。我小时候就常穿哥哥姐姐穿小了的衣服，只有到过年才有自己的新衣服。而新衣服也总是又宽又长，每件至少要穿三年五载的。我是家中的老小，衣服没人接，有时衣服穿破了，下摆还在屁股下面晃荡。

二哥小时非常顽皮、胆大，在胆小、听话的我的眼里颇具反抗精神，常敢对严厉的母亲说不。上幼儿园时由于他穿着姐姐传下来的花衣服，常常受到小朋友的嘲弄。为了维护男子汉的尊严，他多次造反，试图改变形象，但每次都受到母亲的无情"镇压"——先劝说，后训斥，甚至甩巴掌——最终胳膊拧不过大腿，每次都以失败告终。不过上小学以后，母亲就很少让二哥穿花衣裳了。也许是受当时环境的影响，正是无忧无虑、花一样的童年，二哥却只愿穿压抑的蓝、黑、灰色的衣服，对颜色稍有变化或式样稍微与众不同者一律采取抵制态度。记得小学二三年级的时候，母亲从上海买回一套漂亮的套装，式样活泼，色泽鲜亮，二哥死活不穿，母亲使出千方百计也没能让二哥就范，这套衣服一直放着，直到小得不能穿，母亲才忍痛送了人。

这张照片上,二哥不光穿着花上衣,脚上还穿着女孩子的襻带布鞋呢,那一定也是姐姐传下来的。

看到三人手中的道具,特别是哥姐手中的纸夹子,我的女儿、侄女们先是奇怪:这是什么?当她们得知那是当时小学生用的纸夹子,现早已销声匿迹时,立刻变得不屑一顾:这也值得用来照相?岂不知,对当时的小学生来说,这已经是很高档的文具了,而且也不是每个小学生都能享用的。要不,二哥穿着深恶痛绝的花衣服,还能咧开大嘴笑?而我手中的木制小兔子,也是我仅有的几件玩具之一。小时候,和所有的女孩子一样,我非常喜欢洋娃娃,特别想要一个可以随意穿脱衣服、可以放在澡盆里洗澡的塑料大娃娃,可母亲一推再推,最终也没有买。

按说,那时父母都有工作,工资也不低,经济收入在当时也算中上水平,给子女买件衣服、玩具不应有多大的困难。但由于他们经历过太多的艰难岁月,再加上国家大力倡导艰苦朴素、勤俭建国,有时想无时、丰年想歉年,勤俭过日子的生活观念在父母的头脑中根深蒂固,并影响了他们的一生。至今,母亲还常穿一件20世纪70年代买的铁灰色"三合一"外衣。我们一提起给她买衣服,她总要说:这还能穿,还能穿。现在,我上中学的女儿、侄女们一件衣服动辄几百元,一双皮鞋也要一二百,她们无法想象父母儿时生活的艰苦，更无法理解爷爷奶奶的生活观念。不过，父辈们艰苦奋斗的目的就是让子孙们过上好日子，不是吗？

然而，不论当时生活多么艰难，我们的脸上却没有丝毫的阴影，除了灿烂的阳光，就是纯真的笑颜。

我的童年在"东风"

王建新

现在说起酒泉卫星发射中心,几乎家喻户晓,但在几十年前,知道它的人却寥寥无几。这一名称,是对外开放后才起的。它以前的名字是"东风场区"或"20基地"。我的父辈们,以及在那里出生或生活过的人们,还很有感情地喜欢叫它"10号"。为便于叙述,以下统称它为"东风"。

今天的人们,在互联网上可以查到"东风"基地的大致沿革:1958年3月,志愿军第20兵团机关奉命回国组建导弹试验靶场。1958年10月,20兵团改称中国人民解放军第20训练基地。

关于"东风"名字的起源,有多种说法。我所知道的是,1960年11月5日,中国第一枚"东风"地对地导弹在20

图1 1960年,作者八个月时和母亲合影。

基地发射成功,从那时起,20 基地开始使用"东风"这一响亮的名字,和以"东风"命名的导弹系列一起,沿用至今。

最早进入"东风"的孩子

父亲和母亲结婚后,因公一直留在北京,直到 1960 年 7 月才来"东风";而母亲 1959 年 11 月再次进入场区,到筹建中的幼儿园工作。所以,母亲和我是先于父亲到"东风"的。

1959 年 8 月,我在北京 301 医院出生,母亲在北京休了两个半月产假(当时产假是五十六天)。父亲对我有两

图2 1962年,"东风"第一幼儿园小班的孩子们。

图3 幼儿园成立初期工作照。

种安排：一，把我留在北京，找个保姆带；二，把我送到山东寄养在亲戚家，能上幼儿园时再接回来。母亲经过权衡，决定把我带到"东风"。理由很简单，条件再艰苦也要把孩子带在身边，再苦也要熬过去。母亲说，我的"百日"是在去"东风"的火车上度过的，不过这次坐的是硬席卧铺，而非闷罐车。

母亲再回到"东风"时，生活区一期建设已有了轮廓，

图4 1965年，五岁的作者和父亲在北京中国照相馆合影。

但条件依然艰苦，不少人还住在地窝子里。母亲被暂时安排住在招待所。招待所里还住着另外两个孩子：一个叫夏钟钟，是个比我大点的女孩儿；还有一个叫斯拉瓦的男孩，和我差不多大。母亲说，我们三个应该是年龄最小、最早进入"东风"的孩子。斯拉瓦后来和我一起在"东风"小学同级读书，他的爸爸是维吾尔族人，妈妈是苏联人。不知夏钟钟后来去了哪里，家中影集里还保存着母亲和谭秀玉阿姨给我和她喂饭的照片。五十多年过去了，要是夏钟钟能看到本文，该多好啊！

以苦为乐

1959年冬,母亲和我搬到招待所旁的一排小平房中。小平房里住着招待所的工作人员,还住着一位碱厂的厂长。母亲说,我们和一位同样带着孩子、叫大康的阿姨同住一间类似传达室大小的房间,没有门锁,晚上用根棍子把门顶上,窗户没有玻璃,糊着报纸,生个小炉子取暖。

因为买不到奶粉,我完全靠母乳喂养。吃不到荤腥食物,母亲的奶水不足,我常常饿得大哭。招待所的尹所长说:"饿着谁也不能饿着孩子……"食堂的张师傅送来一点肉和骨头,还给了个小盆让母亲和大康阿姨煮点骨头汤。同住小平房的碱厂厂长把在碱湖周边打到的黄羊分出些肉和骨头,送给母亲和大康阿姨。

基地的六个幼儿园

我看过一些"东风"子弟写的回忆文章,很少有人提及幼儿园。"东风"从1958年建场到1969年大疏散,从最早的三个孩子"发展"到六个幼儿园,60年代中后期应该是"东风"场区人口最多的时期。当时,在"东风"的

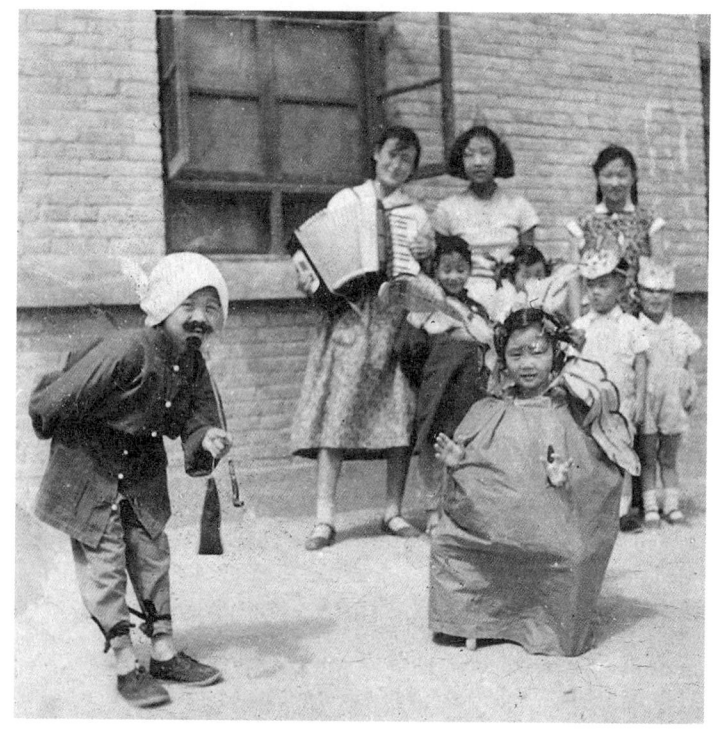

图5 "东风"幼儿园的老师和孩子们在排演节目。

"513"医院出生的孩子中,喜欢使用"戈"字起名,意味不言自明——这是在戈壁滩上出生的孩子。

"东风"幼儿园始建于1961年,当年称第一幼儿园。以后又陆续成立了第二、第三、第四、第五、第六幼儿园。幼儿园的孩子分小班、中班、大班,中班和大班是全托班;有专用的厨房和洗澡室,一日三顿正餐,午睡后还有点心——据说这一传统,一直保持到现在。

母亲还保存着一幅第一幼儿园排演《拔萝卜》时的黑白照片。扮演老头的孩子叫于晓晨,当时上大班。母亲对他印象深刻,说他演什么像什么。我上过第一幼儿园,后转到第四幼儿园。这是距离火车站和汽车团最近的幼儿园。

带着小本回家的孩子

1966年,我们开始上学,我被分到一年级五班,班长是个女生,叫沈丽;班主任叫史惠英。那时家里基本上不做饭,父母在各自单位的食堂吃饭,我在学校食堂吃饭。弟弟在幼儿园全托,每星期回来一次。幼儿园的管理很规范,几个老师三班倒,轮流管着孩子,说话不能大声,吃饭要快、要干净,上完厕所要洗手,出去玩要手拉手,午睡要快睡

图6 1965年冬,作者(二排右)和弟弟王建华(前排左)与父亲在刚建成的20基地一部家属楼前。二排左是尹庆华,前排右是尹振华。

着……记得我离开幼儿园上了小学,真有点现在的高中生考入大学后的兴奋——终于没人管了!

一年级的课程,有很多在幼儿园里学过,我不注意听讲,贪玩。班里有个女同学叫金旭,是班里的文艺委员,她经常要求部分同学放学后留下排练节目。我时常不听招呼、溜号,因此常被她给史老师打小报告。于是,史老师让我每天放学后去她办公室领个小本,上面写着我当天的表现,让父母看完签字再交给她,天天如此。

前面说到的班长沈丽,二十年后我们又相聚了,且住在同一个城市;文艺委员金旭,我们在太原相遇,相恋并结婚成家。

书包里的白床单

1964年10月我国第一颗原子弹爆炸时,我在第四幼儿园上中班。1966年秋我刚上小学,除了书本、文具,学校还要求家长准备一条白床单放在书包里。每个班除了班主任,还有一名警卫团派来的战士辅导员,主要负责我们上体育课,辅导我们做防原子弹的自我保护和疏散演习。基本要求是:听从指挥不乱跑,听到警报迅速跑到空旷地带,拿出白床单披在身上趴在地上,闭眼、双手抱头并捂住耳朵,同时要张开嘴。除此之外，我们还经常演习乘车紧急撤离，上课时听到警报，在班主任和辅导员的指挥和引导下，跑到操场登上汽车团派来的卡车，直奔火车站。

后来才知道，1966年3月中央决定进行导弹、原子弹结合试验，"东风"为发射首区，弹着点在新疆。导弹携带原子弹头发射，危险性极大。调试和发射过程中，万一出现失误，后果不堪设想。为确保发射顺利和场区人员安全，基地领导对"东风"的家属和孩子做了周密安排，动用了大量人力和物力。假如当时真的发生意外，"东风"场区将在瞬间化为灰烬。不过当时的我们，不但没觉得可怕，反倒觉得很好玩。

小鼓手

我的幼儿园中、大班生活，是在第四幼儿园度过的。记得和我同时从第一幼儿园转到第四幼儿园的还有张凯斌、尹庆华、蔡伟建、张辉。有一年，幼儿园旁边的汽车团某战士收到家乡寄来的大红枣和花生，他没舍得吃送到了幼儿园。幼儿园为了表示感谢，想让孩子们在老师带领下，敲锣打鼓去战士所在的连队送感谢信。一天，幼儿园主任从外面拿了锣和小鼓到大班示范。老师说，谁表现好、谁

图7 1966年,作者一家以513医院为背景的全家福。

会敲就让谁去。小朋友们都跃跃欲试。当时我不知犯了什么错,被老师罚坐在一个角落里。除我以外,所有的小朋友依次拿槌试敲,却没有一个敲准点的。正当主任收拾锣鼓,准备去另一个班选人时,班主任笑着说:我们班还有一个没试呢!结果"一槌定音"。第二天,我作为"鼓手",和小朋友们一起去汽车团送了感谢信。几十年了,和我一起长大的"同园"张凯斌一直还记着这事儿。

橱窗里的"我"

我还珍藏着一张印有"中国照相馆"字样的照片。那是1965年5月,我随父亲第一次回到自己的出生地,在北京王府井的中国照相馆照的。当时还拍了一张我的单人照。照片中的我穿着拼色小夹克,显得很精神。那件漂亮的小夹克,是"东风"一位叫刘洪珍的阿姨送的。

后来,不断有人从北京回到"东风",对父母说,在王府井中国照相馆的橱窗里看到你儿子了。父亲再次去北京时,专门去了中国照相馆,发现那照片上的确是我。父亲找到照相馆的领导,问为什么没有征得同意就把"我"摆进橱窗,照相馆领导连声道歉,说:"那是瞬间抓拍的,您家的孩子太有特点了,眼睛很传神,表情天真可爱,因为没办法和您联系,所以就先摆放出来等着您来呢……"这种"解释",相信天下没有哪个父亲不爱听。于是,照相馆领导趁热打铁,免费把"我"放大了几张,送给了父亲。

童年的游戏

刘善文

多年来,我收藏了数十幅反映 20 世纪五六十年代儿童生活的黑白老照片,照片上的孩子们,滚铁环、跳绳、跳橡皮筋、踢毽子、玩老鹰捉小鸡……童趣盎然,是那个时代孩子们的生活写照。虽然那时的儿童游戏都很简单,但曾给那个时代的孩子带去了欢乐,陪伴他们度过了快乐而幸福的童年时光。

滚铁环是男孩子最喜欢的游戏,用铁钩钩住铁环一路小跑向前滚动,以铁钩控制方向,可直走、拐弯。滚铁环的动作有一定的难度,需要一定的技巧,用力稍不平衡铁环就会倒下,而且要掌握跑动的节奏。可以一个人玩,也可以集体竞技。那时马路上车辆稀少,一群群男孩子无拘

图1 踢毽子。

图2 1962年5月,哈尔滨亚麻纺织厂幼儿园的孩子在做翻花绳游戏。

无束地满街疯玩，自由自在！

跳橡皮筋是小姑娘最喜欢的游戏，有单人跳、集体跳两种。以踩、勾、挑、绕、转身等技巧编排成组合动作，配合歌谣，跳出各种花式。记忆最深的那首是："小皮球，香蕉梨，马兰开花二十一，二五六、二五七，二八二九三十一，三五六、三五七，三八三九四十一……"

踢毽子不分男孩女孩都可以玩，花样可多了，基本动作有盘、拐、磕、蹦、蹬、弹、跃等，套路有里外帘、耸膝、拖枪、突肚、剪刀抛、佛顶珠等，让人看得眼花缭乱。瞧，一群天真烂漫的藏族小姑娘，拍着小手，满脸笑开了花！那种笑，是物质匮乏年代孩子们对"幸福指数"的理解。

最有趣的当数老鹰捉小鸡。游戏开始时先分角色，即一人当老鹰，一人当母鸡，其余的伙伴当小鸡。小鸡依次在母鸡后面牵着衣襟排成一队，老鹰站在母鸡对面，做捉小鸡姿势。游戏开始时，老鹰叫着做赶鸡动作。母鸡身后的小鸡做惊恐状，母鸡极力保护身后的小鸡。老鹰再叫着转着圈去捉小鸡，众小鸡则在母鸡身后左躲右闪……其情其景，活跃紧张，生动有趣。

翻花绳，是一项简单且有趣味性的游戏。只需一条长度七八十厘米的棉线或毛线，将绳两头打结，做成绳圈即可。

图3 荡秋千。

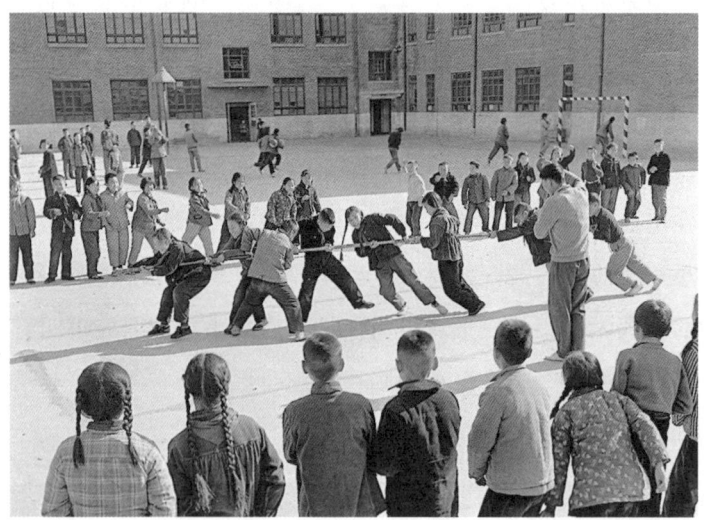

图4 1964年12月,北京中古友谊小学三年级的学生在体育课上练顶杆。

图5　1963年春节,在北京体育庙会上,西城区青少年业余体校的学员在表演。

图6　1963年春节,在北京中山公园一张简易乒乓球台上,两个孩子在练球。

我的童年

图7 1958年11月,广州市郊区三元里一所幼儿园的小朋友们在老师的指导下捏泥巴。

图8 1955年6月,北京市少年之家新建的体育场上,小朋友们在进行"骑马"赛跑。

图9 四川省的两个小朋友在玩骑竹马游戏。

图10 1952年,广东省台山县广海渔民子弟学校的小学生在练习走浪桥。

图11 1965年5月，浙江省金华县汤溪公社溪东大队的儿童们在做军事游戏"武装"泗渡。

图12 1951年春，新疆乌鲁木齐市立第二十小学学生在表演叠罗汉。

翻花绳分单人和双人两种。将绳圈套在双手上,用双手手指或缠或绕或穿或挑,经过翻转将线绳在手指间撑出各种花样,如降落伞、太阳、锯、鱼、天窗、面条、豆旗、牛槽、担架等。

我收藏的老照片中,还有"跳绳""捏泥巴""荡秋千""骑竹马""顶杆""摔跤""骑马""打乒乓球""走浪桥""武装"泅渡和"叠罗汉",等等。

看着这些天真无邪、活泼可爱的儿童老照片,我仿佛穿过时空隧道,回到了童年时代。

外公题诗的童年照片

邓海南

上海顺昌路419弄一号是我童年的乐园。父母调到南京工作，我儿时有许多时光是在这里的外婆家度过的。这是大约有二十平方米或许还稍大一点的大房间，图1外公、小舅和妈妈合影的背景就是房间的一扇窗，前面两扇开的大门下是两级台阶，台阶旁是外公的盆花（其实是一些不太会开花的小灌木）和盆景；后窗外是一个天井，天井中的自来水龙头和大水池子是公用的，从早到晚，天井中的水声总是哗哗地响个不停；前门外的水门汀空场边上有一口水井。弄堂口有一个看门人，极勤劳，每天早上四五点钟便起身从井里打上水来，把弄堂里那片水门汀空场冲洗得一尘不染。除了下雨，从不间歇。每天早上，把我们从

图1 作者的母亲和外公、舅舅合影。

梦中唤醒的便是那水桶在井中碰撞的声音和将水倒在水门汀地上的冲击声,还有拴水桶的铁链子在井沿上摩擦的哗啦声。

说起我童年的快乐,外公是极重要的人物,因为他是个大玩家,常和我们这些小屁孩一同在屋里屋外玩耍嬉闹。说他是个大玩家,并不是因为他玩的名堂有多大,而是因为他那时已因病退休在家,家务事不会做也不愿做,除了玩便别无他事。每天除写几笔字、画几幅画外,便是以门

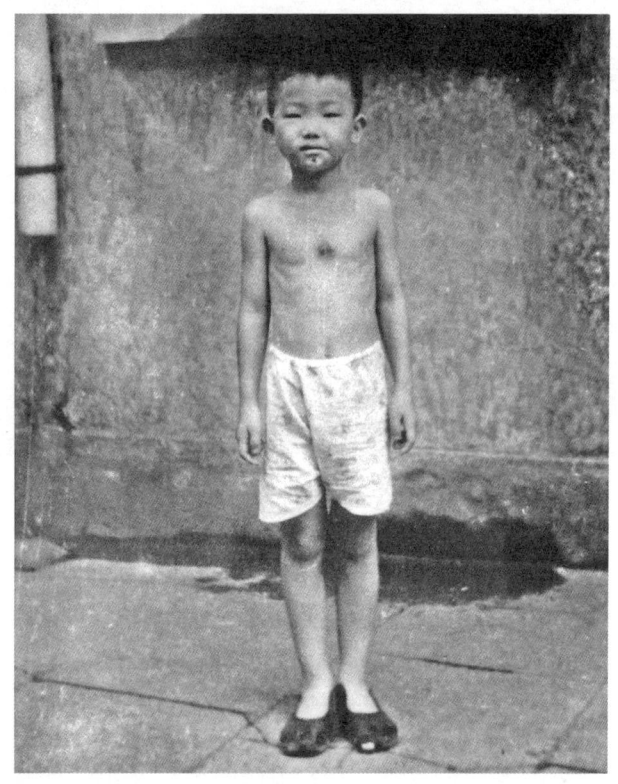

图2 作者。

边窗台上的盆景自娱。今天在假山上挖开青苔种两棵小草，明天在假山上安置一些瓷做的小亭小桥、老翁老妪，后天再往假山下的水中放养几尾金鱼，直把个小小盆景搞得如公园一般。再就是不断翻出新花样来使孙子和外孙们高兴，不时地买回一些小动物诸如蝈蝈、金龟子、蟋蟀、知了之类来取悦我们。并且外公还有一大箱连环画，从《三国演义》到《水浒》到《西游记》到《聊斋》，应有尽有。我艺术上的启蒙教育，或许就是从上海的这间房子里开始的。

外公还是一个小吃家。说他是小吃家，是因为他吃的范围仅限于小吃而从不涉足正儿八经的大馆子。我小的时候上海的小吃真是价廉物美，三分钱一条熏凤尾鱼，五分钱一只油炸麻雀，其他还有诸如烧卖、锅贴、小馄饨、小笼包之类。他每天总忘不了带一只小锅出去把小吃端回来，当然也总忘不了给我们这些"小东西们"分上一杯羹。

外公画的一手山水画虽然登不上大雅之堂，却也很有一点明清遗老遗少的味道；写的一手字非颜非柳非行非楷，却方中有圆、直中有曲，若狠下一番功夫，或许能够独树一帜，可惜他是个浅尝辄止、玩玩而已的人。但是他的才情还是时时可以显露出来的。我们兄弟有几张小时候玩耍时被二舅舅抓拍下来的照片，外公在照片背面信手题下的诗，至今仍为我们津津乐道。

图2是我和隔壁弄堂的孩子打架败逃回来的惨相。外公题诗曰：

虽败犹荣

赤膊上阵大败回，
短裤险些被撕碎。
胸前伤痕殷然在，
更见鞋尖露脚头。

图3是我弟弟神气活现地双手叉腰站着，腰间还插着一支短棍。外公题诗曰：

诱敌深入

手持短脚裤，
腰插齐膝棍。
笑容堆满脸，
原来诱敌人！

图4是我弟弟和表弟在门前玩捉迷藏，照片上我表弟手执短棍，正寻思那门后面是否有埋伏。外公题诗曰：

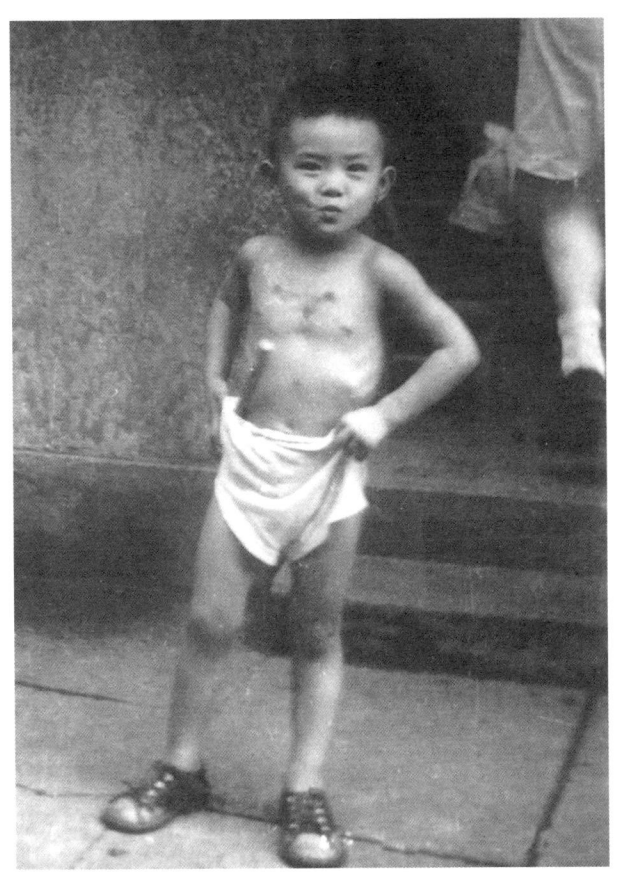
图 3　作者的弟弟。

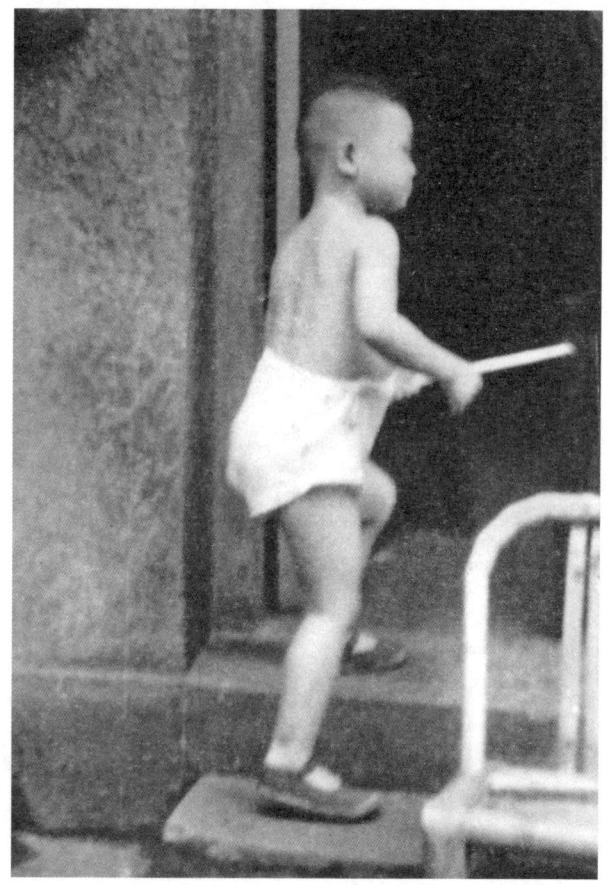

图4 作者的表弟。

图5 作者与弟弟、表弟合影。

图6 作者与外公、弟弟、表弟、表妹合影。

胸有成竹

欲进踟蹰欲退难，

徘徊门前暗思量。

纵然有棍堪抵御，

警惕还须防水枪。

还有一张是我、弟弟和表弟三人衣衫不整、愁眉苦脸的合影。外公题诗曰：

克敌会议

难得三星聚一堂,

机谋还赖共磋商。

如何扭转常败局,

一致主张买气枪!

  寥寥数语,我们童年时的情景便栩栩如生,历历在目。当然还要感谢为我们拍下这些照片的二舅舅。

  图 6 这张比较认真严肃的照片,是外公与我、弟弟、表弟还有表妹的合影。和这四个小童在一起,你能看出他是一个老顽童吗?

我的小学

张 鸣

我六岁上学,那时我家在虎林县城,父母都上班。局里有全托幼儿园,可我死活不肯去,强行送去,能顽强地哭闹一整天,阿姨们都怕了。我一直是由外婆照看的,大饥荒的年月,从小在杭嘉湖长大的外婆,万没想到在"北大荒"居然会挨饿,她的家乡从来没有这样的事情……于是回了老家。老人家没有料到,她的老家那时还不如"北大荒"。不过户口已经转回去了,就不能转回来。所以,我就被送到幼儿园了。看我实在不愿去,父母只好花钱托人带我,东家转西家转,好不容易蹭到六岁,把我塞进了虎林县完全小学。第一节课,学的是日、月、山、林。之所以记得这么清楚,是因为这几个字,没上学之前我就认得。

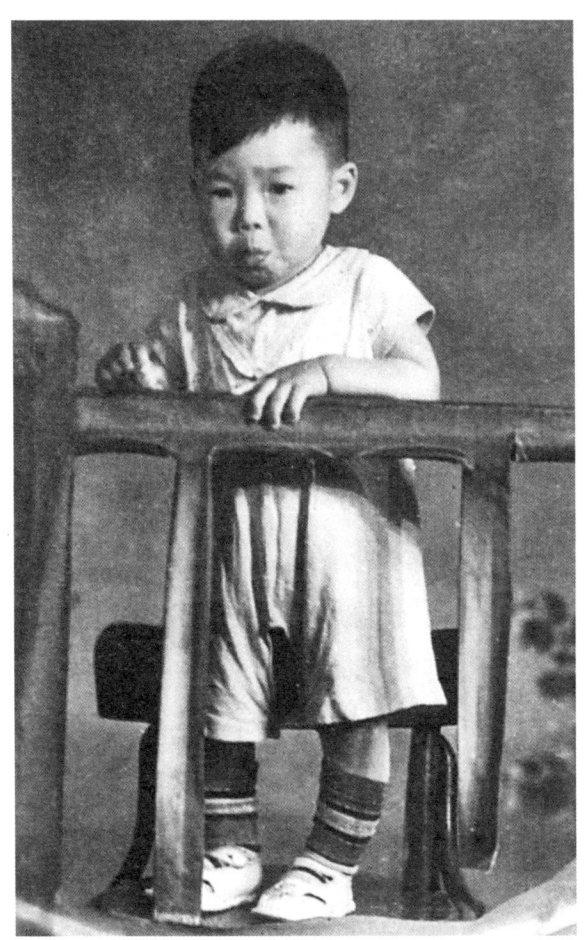

图1 两岁时的作者。

上学后不久，我家搬到了佳木斯。那时的佳木斯算得上是个中等城市了，但印象里好像没有几栋像样的楼。农垦总局所在的院子，就算最豪华的居民区了。我们住的是楼房，有抽水马桶，周围都是低矮的平房甚至草房。在那里出入的孩子，吃的是窝头和黑面馒头，不时地打架，还偷东西，我们管他们叫野孩子。那段颇有点自豪感的日子，我过得懵懵懂懂，成绩不好也不坏，在班上也不怎么惹事。我们的音乐老师有点胖，上课不拘一格，我们无须背手端坐，甚至允许我们拉开课桌，围在她身边，听她唱歌、讲故事，我们都喜欢得不得了。

另一个不明白的事，是我们又要搬家了。这回是搬到一个很小的地方，一个畜牧场。爸爸告诉我说，那里有蓝天和草地，草地上有很多的牛。我说，牛可以骑吗？爸爸说，当然。去了之后，我发现那里的确有很多花白皮肤的奶牛，但都很脏，晚上把它们关在原来的日本兵营里，白天有专门的人放牧，但根本没有人骑牛。场部所在地，是原日本一个机械化旅团的营地。刚搬去时，我家住在场部办公楼里。每天，最令我感到恐怖的事情是上厕所，蹲坑式的厕所，置有隔板，下面是很深的粪坑。一边方便，一边还要驱赶蚊子和苍蝇。

更令我满腹牢骚的是学校。刚去的时候，农场还没有

图2 作者与兄姐的合影。

自己的学校，我们得去公社的小学上学。公社小学，一色的草房，和课桌一样破破烂烂。我的书包很鼓，怎么塞也塞不进抽屉。上音乐课，老师抬来一架破风琴，确实是风琴，四面透风漏气，老师教我们唱：乌鸦怎么叫——呜，呜，呜，呜……火车怎么叫——呼，呼，呼，呼……

第二学期，农场学校建好了。新教室，新课桌，心情舒畅，我的学习成绩陡然上升。再开学，学校让我跳级了，原本该进三年级下学期的我，提前进了四年级下学期。班主任从一个胖胖的女老师，换成了一位总是铁青着脸，一年四季戴帽子的男老师。

这个男老师不喜欢我，本能地不喜欢，当然我也不喜欢他。他喜欢女同学。我最喜欢的老师是图画老师，一位漂亮的长得很白的女老师，当时已有身孕，挺着大肚子给我们上课。无论我怎样乱画，她总是说好，给我最高的分数。她的家就在我家房子后面，相隔不到十米远，好几次我想去看看她，就是不好意思。

1966年，四年级的生活没过几天，课就没法上了。不上课的日子，对于我们这些半大男孩儿来说，是节日，天天成帮结伙，在学校打闹……那一年，我九岁。我后来写道：那一刻，我的童年结束了。1967年，因为父母的原因被班主任开除，我刚好十岁。

后来学校改由几个复员兵主持，其中一个就住在离我家不远的地方，对我印象还好，通知我再去上学。重返学校后，我成为大批判组的编外组员，搞些写写画画。

我的小学就这样结束了。满打满算我只上了两年半的课，幸亏我很早就喜欢看书，看那种大本的满是字没有画的书。我写写画画的那点本事，是靠自己连蒙带猜学的。

赤脚童年

胡 剑

女儿上高二的时候,有一次无意中翻出这张照片:"哇哦!老爸,看来你从小就很前卫耶,不喜欢任何东西束缚你的脚步,包括穿在脚上的鞋子!"

这真是"饱汉不知饿汉饥"。女儿哪里知道,童年时的我想拥有一双新鞋,是一种奢望。

1965年的六一儿童节,刚从外地归来的父母叫大哥、二哥带着我和妹妹去照一张相。那几年父母都在外地工作,把我们托付给一个姓蔡的婆婆照管。听说要照相,我们高兴得跳了起来,翻箱倒柜,找出了平时舍不得穿的白色短袖衬衣,可惜没有新裤子,只好将就。被蔡婆婆穿戴整齐的妹妹,一蹦一跳嚷着叫我们快走时,才发现面前站着三

作者与兄妹摄于1965年六一儿童节。

个"赤脚大仙"。妹妹得意地说:"瞧,这是蔡婆婆给我做的鞋子,你们都没有哇!"

记忆中,童年的我,夏天和秋天几乎都是赤脚走过来的。那时父母工资低、子女多,乡下还有年迈的爷爷和奶奶,家中经济非常拮据。往往要在过年的时候,父母才能从少得可怜的积蓄中拿出点钱,给我们兄妹添置必需的衣物。夏天和秋天的鞋子,不穿也没关系,所以父母没有也无法将其列入预算。即使在春冬两季,我们兄弟仨也不可能同时拥有新鞋。如果有了新鞋,往往是大哥穿第一年,二哥穿第二年,传到我的时候,那鞋已经历过两度春秋,走样变形甚至破烂不堪了。但我依然如获至宝,因为我别无选择。

而妹妹却不一样了,她是家里唯一的女孩,被父母视为掌上明珠,我们三个哥哥也都让着她。有一年,母亲给妹妹买了一瓶乳白鱼肝油,我们都想尝尝味道,每次当妹妹喝得差不多了,她就把杯子递给大哥,接着是二哥,轮到我的时候,只有将杯子底朝天,才能从杯壁上滴下几滴。那味道,真的好极了!

打赤脚的滋味,如今用高档鞋子包装双脚的孩子是体会不到了。夏日炎炎,路面被烤得滚烫。放学归来,我不得不窝着脚板尽量往树荫下跑,有时不小心踩在烟头上,就像触电一样嚎叫着蹦起老高。雨季,通往学校的一段山路铺上了炭渣,赤脚走在上面,如"行"针毡。

当然,赤脚也为我们童年的嬉戏提供了诸多方便。到树上掏鸟窝、捉金龟子,抱着树干,几下就爬上去了;到水田里抓泥鳅,到河里游泳、打水仗,几下就蹦过去了。赤脚没有羁绊,可以省略多余的脱鞋环节。

绿色的田野,崎岖的山路,清澈的小溪,赤裸的双脚,给我留下了难以忘怀的童年记忆。

童年的一张"老照片"

张丹非

前段时间因搬家整理旧物,我又翻检出了这张已近半个世纪的老照片(图1),父亲在照片背后写有"1970年8月7日摄于黑龙江省双鸭山市"的字样,那年我五周岁。照相的原因是独自生活在山东老家的外婆想念我们,想要一张我家的全家福以慰思念之情,为此才有了我的这张"老照片"。

那时照相是件奢侈的事,我家又距城里较远。因为后来爸爸多次提到这次照相的经历,所以我还能隐约记得那天全家起得很早,吃过早饭后如过年般每人换上平日舍不得穿的新衣服。爸爸还特意给我整了个三七小分头,以至于后来大家都嘲笑我这发式像小汉奸、小特务。然后,爸

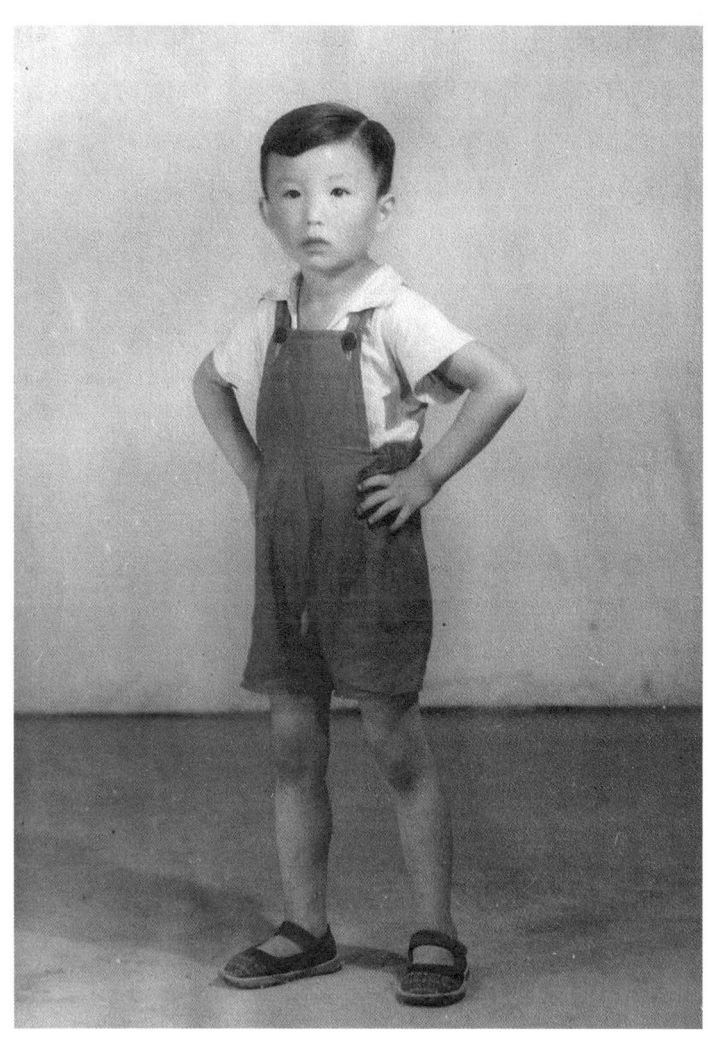

图1 作者五岁时的单人照。

图2 作者的全家福。

爸用自行车推着我和姐姐，妈妈和哥哥步行，走了八九公里的路，才到了城里唯一的一个国营照相馆。

我们先照了张全家福（图2），之后爸爸又提出给我照张单人照。照相师傅是一位四十岁左右的男士，人很风趣幽默，给我摆了个很酷的叉腰造型，然后扮着鬼脸逗我笑。由于年幼和不常照相，加之对陌生环境不适应，咋逗我也不笑。见逗不笑我，照相师傅突发奇想，上前将我活裆短裤里的"男性商标"亮了出来。我依然一脸严肃地在那认真摆着我的姿势，可照相师傅却大笑不止，乐得前仰后合地按下了快门，定格了这张照片。

父亲特意嘱咐照相师傅将这张照片放大成六英寸，并着了色，那时的彩照是很时尚的。这张照片后来一直和许多家庭照一起镶嵌在一个大相框内挂在家里的墙上（这是那个年代许多家庭室内标配装饰物），长辈和小伙伴们看了总要逗我一番。再后来我渐渐长大了，自己感到不好意思，就悄悄地将这张照片从相框中撤了下来。

弹指间已过去四十多年了，爸爸妈妈早于2006年和2015年去世，哥哥、姐姐也都年逾花甲，成了孩子们的爷爷、姥姥，我也年过半百，女儿都即将研究生毕业。深叹时光荏苒岁月如梭，随着年龄的增长越发怀旧，每每睹物思人，睹物思事。

我的童年

我的小学记忆

陈大强

凡是上点岁数的北京人,大抵都知道北京原先有个二十八中。学校就在天安门西边,紧靠着中南海。在北京,能把校门开在长安街上的,大概只有二十八中了,何况二十八中离天安门最近,站在校门口,就能看见天安门广场。可是,知道二十八中有个附小的人,就寥寥无几了,因为我们的小学后来很快就搬出了二十八中。

我是1964年转学到二十八中附小的,进四年级。第一天放学,一个女老师拦住我,让我说说到新学校的感受,和以前学校的比较。我挺喜欢这个女老师的,回答完问话,我就说:"你是什么老师?"女老师笑了,说:"我是这里的校长。"

照片是1966年,作者跟哥哥在南京中山陵时拍的。那年作者小学毕业,十三岁。

于是，我认识了胡校长。

我们附小和中学都走长安街上的校门。进了校门就是二十八中的大操场，挨着操场的第一个四合院，就是附小。穿过附小以后，才是二十八中。当时的附小真是小，没有什么场地。我们上音乐课要借用中学的音乐教室，上体育课也要借用中学的操场。记得有一次全校开大会，附小借的是隔壁中南海的礼堂。大家排着队，出了校门，往右手一拐，就进了中南海。那高兴劲儿就别提了，小眼睛四下张望，心想，要是能碰见毛主席就好了。

附小迁址是在1965年。我们搬出了二十八中，搬到中南海西边的李阁老胡同。学校的校舍真大，分前后两个院子。进了校门向左一拐，就是前院，前院的正房前，有两棵高大的海棠树，长得比房顶都高。后院里，有一座两层的教学楼。高年级的在楼里上课，低年级的在楼后面的平房上课。楼前的空地是操场，我们还有了一个高高的铁皮屋顶的体育教室。

学校搬了新址，我们很高兴。可是，我们也有不高兴的地方。比如，学校改名了，二十八中附小多好听，现在改叫"李阁老胡同小学"，多难听！阁老是什么？姓李的阁老跟我们学校有什么关系？而且，我们还变成"胡同小学"了！

当然，这还不算太难听的，难听的还在后头呢。

李阁老胡同的北面是太仆寺街，街西头有太仆寺街第一小学，街东头有太仆寺街第二小学。太一小和太二小的同学见了我们，不喊"李阁老胡同小学"，而是喊"美国佬胡同小学"。那年头，美国佬是什么东西！让他们这么一喊，好端端的一个学校，顿时就矮了半截，真让人气愤！

好在以后的情况有了变化，李阁老胡同改名为力学胡同了，我们也就成为力学胡同小学的学生。"力学"就"力学"吧，反正比"李阁老"或者"美国佬"都好听。

我们的教学楼是一座很老的木头楼，下课用不着听铃儿。只要有一个班下课，楼板就会咚咚地响起来。楼板一响，就该下课了。如果楼上四个班的同学一起动，整个楼似乎都会跟着晃起来。接着就是老师的喊声："慢一点，慢一点。"那时，只有在上课的时候，这座老楼才能有段安静喘息的时间。

我们一班的教室朝西，窗户外是一棵大槐树。那时，经常有一只漂亮的啄木鸟飞来，落在树上，用它的长嘴这里敲敲，那里敲敲。每到这时，班上三十多个小脑瓜，就不由自主地转向窗外。先传来的是啄木鸟咚咚咚咚敲树干的声音，真是好听。然后传来的声音也是咚咚咚咚的，但是没有啄木鸟敲得好，那是我们班的王老师在用黑板擦敲讲台了。这时候，三十多个小脑瓜才不情愿地转了回来。

那时候，全国都在学习雷锋，我们也想尽办法做好事。星期天，我和同班的林娜来到学校，教室的窗户是上下推拉的，我们从外边把窗户推上去，爬进教室，把教室打扫干净，再贴上一张学习雷锋叔叔的宣传画。还有，就是积攒粉笔头。我们把粉笔头磨成末，和上水，用手搓成条，晾干。然后，我们会把这些做好的歪歪扭扭的粉笔，悄悄地放到讲台上。星期六的队日活动，我们就到西单的37、38路汽车总站，帮助打扫公共汽车的卫生。

像歌中唱的一样，那时候，天总是很蓝，阳光灿烂。

1966年的初夏，我们六年级毕业了。

近半个世纪前的"小红花"照

施 薇

20世纪50年代开始,南京市"小红花"艺术团就沐浴阳光,蓓蕾初绽……是全国首创的集文化教育,艺术教育与舞台表演于一体的少儿艺术团体。

"小红花"是南京的一张名片,闻名遐迩。我出生在20世纪60年代,70年代有幸就成为"小红花"的一员,且留下了这两张影像。

1971年,七岁的我就读于"四新小学"(后改为建邺区一中心小学)。由于学前父亲的栽培,我感到学习很轻松,而且还有出彩的特长:如书画参展,小提琴演奏,诗歌朗诵等。小学二年级时,建邺区"小红花"艺术团到我校选拔学员,经过多轮淘汰,百里挑一,我有幸被选中。在"小

图1 "小红花"正面照。

红花"艺术团的日子里，除了练功、练声、练舞，就是经常安排对内或对外的宣传演出任务。

记得有一次对内演出，是到"十月人民公社"为农民演出，时逢盛夏，在露天临时搭建的舞台下，黑压压地坐满了男女老少，我们穿着短裙随着音乐欢快地跳着，会场热烈的掌声令我陶醉，全然不顾被蚊子叮咬的满腿红疱。对外演出时，就是政治任务，也非常辛苦。有一次为来宁访问的非洲国家领导人演出，需要加排一个"非洲"舞蹈，因排练仓促，老师下死命令要求我们参演的团员，每个人在家自行加练跳熟，保证第二天演出成功，那天晚上，我在家一直练到半夜，吵得一家人都未睡好觉。我爷爷不理解，还责备我："晚上不睡觉又蹦又跳又唱，白天哪有精气神上课呀！"还是老爸向爷爷解释说第二天有演出任务，才平息爷爷的怒气。在练习过程中，因无伴奏节拍会乱，老爸就找出口琴为我伴奏，一直把"非洲啊！非洲！"歌舞练熟才睡觉。扮演黑孩子的着装，都是为我们量身订做的简单斜长褂服饰，肤色就是用灰纸蘸点水往脸上擦。第二天演出很成功，老师很满意。

还有一次，在南京饭店为阿尔巴尼亚高级领导人的演出。为达到演出高潮，要求我们在演出最后要合唱一首阿尔巴尼亚歌曲，因时间紧迫，老师急中生智，就把中文写

图2 "小红花"侧面照。

在相对应的阿文上，一遍又一遍地教唱，这是我第一次学外文歌曲，直到今天我还能全文唱出这首记忆中的外文歌。而且我还教会家中老小，有时在春节举办"家庭春晚"时，全家人用阿文合唱阿尔巴尼亚歌曲活跃气氛。

在"小红花"的岁月里，还担当过一回童照小模特。那是一个辞旧迎新的冬季，南京水西门的东方照相馆为了布置新橱窗，迎接新年的到来，特派两摄影师到小红花挑选摄影模特，我和另外三人被选中，并要求我们穿上"小红花"演出服。我穿着黄白相间的条形花纹毛衣，麻花辫子上系的是鹅黄色的丝带，与毛衣相匹配，这种毛衣的亮点是机织的，还带着领子，在当时可称得上时尚童装，即使条件好的也是手织的。当我坐在影棚里，两个摄影师打开前后四盏灯，我感觉仿佛又重新回到了舞台上，摄影师破例为我一人照了正面、侧面两张照片，使我没想到的是这两张照片同时放大展出在东方照相馆的橱窗里。并有一句文字说明："小红花艺术团的施薇。"令我开心不已。

这两张影像，是我在小红花的唯一留存的照片，它反映了那个时代的印迹。见照忆往，令我有种挥之不去的美好的儿时记忆，所以我一直珍藏至今。

1972年夏：我

珊 珊

我是父母的第一个孩子，初为人父为人母的他们对于我的降生倾注了许多的爱。

父亲上班很劳累，下班回到家还要拿起木工工具为我的成长打制小板凳、小坐栏等。母亲有一头及腰的长发，她年轻时最大的爱好就是摆弄自己的长发，也经常用灵巧的双手帮别的女孩梳好看的辫子。好在我一出生就有一头浓浓黑黑油油亮亮的头发，母亲就总是给我梳小辫子，时而羊角，时而麻花，老有花样。

那时有一位同在老祖屋居住的祖叔是摄影爱好者，他家是侨属，因此在那样的年月里能奢侈地拥有一架照相机。不少人家有喜事便请他去拍照。这位祖叔很喜欢胖嘟嘟的

1972年夏天的作者。

我，每次出门前都要叫母亲将我打扮一番，先给我照一两张然后再出门去。若参加完喜宴还剩下一两张胶卷的话，那也是给我留的。亏得这位祖叔，童年的我才留下了许多难得而又有趣的照片。

1972年夏，风和日丽的一天，祖叔和平常一样，又背起他的宝贝相机要出门，这时，他叫母亲把我带到祖屋门前的晒谷坪上准备给我照相。也许是母亲想要给我留一个最特别最真实的影吧，于是我就在家乡的柳树下、在父亲亲手打制的小圆桌上来了一个最真的笑容和最彻底的展示。

我的童年

童年照片的背后

齐晓芳

20世纪70年代初,我出生在关中东南、秦岭北麓、一个仍被贫穷紧紧攥住的小乡村。我的命运注定由平淡起始,因为我是女孩。在此之前,我已经有四个姐姐一个哥哥。家里盼望着第二个男孩的到来,以改变几代单传、屡遭人欺的局面。而我,让家人多么失望啊。据说我出生后,年届七旬的祖母一句话未说,拄上拐杖,到邻村的小姑家,住了一个多月才回家。我呢,则被丢在炕头无人理会,由于哭得伤心,隔壁同门的大妈不忍心,抱起我,捏了一点儿红糖,放在啼哭的小嘴中,才平息了我初到人世那委屈的抽噎。

添了我,家里共九口人。住在远离村子一个只有四户

作者童年读书照。

人家的小地方，吃水要下沟去挑，来回一趟得半个小时，也没通电。家里原有一孔窑洞、两间厦房，我记事后又续了一间，作为几个日益长大的孩子的住处。我则基本上和祖母住在窑里。祖母患有老慢支，常年咳嗽。记得幼时窗台上、土坯墙的缝隙，随处可见止咳糖浆的茶色小瓶子。

大姐长我十七岁，排行老四的哥哥长我八岁。那时姊兄们几乎都在上学。父亲在西安工作，不常回家，工资是十多年不变的四十多元。家里只有母亲一个人作为全劳力，每天早出晚归，在公社挣工分。小时每天早上睁开眼，面对的总是空寂的屋子，房门从外面锁了——已记不得为什么祖母也不在家——哭、喊无济于事，只能自己乖乖地玩耍。我不到一岁时，公社修水库，劳动一天不但有工分，还会发一个"杠子馍"，母亲为了上工地，只好把我拴在炕头的窗棂上。我饿极了时，不停地哭、蹬脚，以至于脚后跟都破皮发炎了。尽管母亲没黑没白地劳动，每到年底队里核算时，我们家不但分不到用以糊口的粮食和柴火，反而还要上缴队里二百多元钱。父亲只好从西安买议价粮，骑一百多里自行车驮回来。

我很小的时候，就随姐姐们在收获过后的田地里，拾麦穗、捡豌豆、捞红苕；炎炎夏日，在沟坡险崖上挖远志、柴胡、寻知了壳；秋冬时分，在树林里搂落叶、拾枯枝；放羊、放牛……记忆最深也最揪心的一幕，是一次和三姐去拾麦。为了不让麦粒儿从笼隙漏出，三姐把家里仅有的一条八成新蓝布围腰儿垫在笼底。一伙半大的女孩子来到空旷的麦地里，在扎手扎脚的麦茬中间，搜寻着遗落的麦穗。不经意间，大家进入邻村的地里。突然，如同地下冒出来似的，邻村一个四十多岁的壮汉，凶神恶煞般冲过来，大家四散惊逃。三姐为了保护我，慢了一步，被那人牢牢揪住了笼。十五岁的三姐死抓着不松手，那人看见尚未被麦穗遮住的围腰儿，一把夺了去，迅速跑开。三姐追他不上，只得一路哭着回家，自然挨了母亲一顿训斥。

小时候我很瘦，细胳膊细腿，人们都笑我是"麻秆儿"。穿的方面，过年时能制一身新衣服，就很高兴了。父亲不时带回一些同事给的旧衣服，我一直到上初中时还在穿。

说起幼时，还有更让人辛酸的往事。我出生不久，父母一度决定将我送人。找了个家境较好、未生子女的人家，男的在西安工作。一天，那夫妻两个真的来要抱我走时，父母却犹豫了：毕竟是自己的孩子，加上喂养了一个多月，越发难分难舍了。只有十一岁的三姐，意识到小妹妹"危在旦夕"，索性抱起我，夺门而走，跑得没了影儿。父母正好顺水推舟，我便留了下来。

那个时候，生活窘迫，基本物质生活尚难以保障，更遑谈精神层面的事情。我六岁以前，没有照过一张照片。幸运的是，即将六岁的那年过年前，因为一个"亲戚"的到来，我得以留下了这张珍贵的童年照片。

就要过年了，穿了一年的衣裤已很破旧，裤子膝盖上大姐补了两块大大的补丁，由于格子对得整齐，猛一看看不出来。一双红条绒窝窝（棉鞋）也破了。过年的新衣，只有碎花布上衣，由大姐赶着缝了出来（因为要穿一年，所以缝得大）。新布鞋只绱了一只，未穿成。头发刚由大姐洗过，发型也是她剪的。就这样，带着小小的遗憾，我仍很兴奋地站在了照相机前。记得当时为了让我站着还是坐着照相，大家讨论了半天。站着吧，膝盖的补丁太明显，"窝窝"也太破了，衫子又大。最后决定让我坐着照，并且不照脚。而这时，我"语出惊人"："我要照个学习的相！"（我是七岁半才上学的）于是大姐又找来自来水笔和笔记本，教我摆好"学习"的样子。然后，带着一分好奇、一分紧张和一分沉静，我照下了这张照片。到头来，两只棉窝窝不但上了照片，而且还很抢眼。

我小时候，一只眼睛大，双眼皮儿；一只眼睛小，单眼皮儿。从照片上看很明显。那时眉毛也很淡。母亲每次给我洗头，总要说叨我头顶的两个"旋"——按农村的说法，女娃双旋，长大能挣大钱。照完这张照片后，看我拿笔拿本子的样子，母亲和大妈又说，我长大肯定是个"外头人"，不用像她们一样在农村受苦受累，却连个温饱日子也过不上。后来，我果如她们所盼考上了大学，毕业后随爱人到湖北工作。作为普通的工薪族，我没能挣到"大钱"，每月所能回报母亲的"养老金"不过二百元（父亲有退休工资），然而母亲已经很满足了。当初喂我红糖的大妈（生有三儿一女，跟二儿子生活，家庭经济来源靠二儿子打零工，生活极不宽裕），很是羡慕母亲每月固定的二百元零花钱，不止一次对母亲说："看你当初还要把娃给人呢，谁想到你老了，倒享了这碎（小）女子的福！"

说起这张童年照片，不能不提到一个人，就是给我照相的这个"亲戚"。其实当时他是我的准大姐夫。听大姐说，她每逢年节去"婆婆"家，都会带上我，而"姐夫"也非常喜欢我这个"电灯泡"，经常把我架在脖子上，和大姐"压"乡间小路。照了这张照片一年后，"姐夫"的父亲单位系统招工，他内招去了西安某高规格酒店工作，端上了农村人梦寐以求的铁饭碗。不久，他就变了心，悔了婚。此举在当时十足地让人气愤，但设身处地地想一想也可以理解——命运之神把一个可以改换门庭、让下一代从出生就是城里人的机会放在面前时，谁不想抓住呢？大姐虽然高中毕业，人又不错，但毕竟是个农民。"姐夫"在做这个抉择时，想必也曾经历了非常的痛苦和无奈吧？后来听说，这个"姐夫"在西安找了一个纺织厂的工人做妻子。

其时大姐在农村已是大龄青年了。经人介绍，嫁给了比她大两岁，因家境贫寒一直未能找到对象的大姐夫。大姐夫拙于言辞，最大的优点就是勤劳能吃苦。婚后，家里分给他们一间厦房，可容一床、一桌，两只陪嫁的红木箱子，只能在床头架在空中。两人在靠厦房的山墙，搭了一间小棚子，做灶房兼豆腐房。大姐夫经过多次试验和失败后，终于在年近而立时，学成了做豆腐的手艺。我稍大些后，每年过年前，都要去她家帮忙做饭、看娃。由于两人心善厚道，工艺精细，所做豆腐方圆十几里都很受欢迎。他们还用豆腐渣喂猪养牛。凭着两人的勤苦努力，于1987年盖起了三间大瓦房，买了打浆机，不用到外村打浆后再担回家。他们的一对儿女也很争气，2005年双双考入同一所大学。

如今，当年照片上的懵懂孩童，已过了而立之年，在离故乡千里之外的江滨小城，为生活而忙碌着。操劳了一生的父母亲，也已是华发满头，年至古稀。当初那个抱起小妹妹就跑的十一岁的三姐，儿子也是大二的学生了。斗转星移，时空变幻，唯有这童年的照片，依然默默承载着那段朴素的岁月情怀。

1975年：姐姐哥哥与我

晓 博

这是我和姐姐、哥哥1975年的照片，当时我才五岁。

照片中我（左一）年龄最小，个子最矮，穿着有背带的破开裆裤，头戴"空军"帽，愁眉苦脸，歪着头。我小时最爱听的故事是"高玉保拉肚子"，最爱唱的歌是"春雷一声天地动"，最不爱干的事是照相，每次照相都是被母亲生拉硬拽到镜头前，于是便有了照片中的这副模样。

哥哥（中）大我4岁，拉着我的胳膊，眼睛微眯，天真地笑着，憨态可掬。头顶的火车头帽子显得有些大，那是临照相时，母亲借学生李金科的。姐姐（右）大我6岁，嘴巴绷得紧紧的。这辈子我要感谢姐姐。小时候，"贫管会"管理学校很严，而母亲又顾不上照顾我，是姐姐把我抱大的。

作者与哥哥、姐姐合影。

就因为这，姐姐比同龄人迟上两年学。姐姐语文学得很好，虽然在农村长大，但在我们村一个知识青年的指导下，姐姐的普通话很标准，上高中时参加合阳县"讲故事"大赛，获乙等奖，奖品是《毛泽东选集》一至五卷；姐姐经常代表班级写批判稿，她经常用的句子现在我仍记忆犹新："春风杨柳凯歌唱，教育革命打胜仗。目前国际国内形势一片大好……"

1975年冬，农村的情况很糟糕，家家靠返销粮度日。由于有父亲一点微薄的工资支撑着，我们家的生活相对好些，我头上的空军帽，姐姐、哥哥脖子上的围巾便是例证。

岁月沧桑。几十年过去了，我们姐弟三人都已成人，整日为生计劳作奔波，竟无暇再拍一张合影。

童年真好！

天真的童年照

李宏荣

我的家乡阿拉彝寨,位于滇中楚雄州武定县金沙江南岸的崇山峻岭之中,祖祖辈辈生活在一个远离繁华都市的大山摇篮里,相互间的情感很深,相互间的亲情故事很多,似家乡的老酒一样醇香。

1976年的春天,当家乡山头上的马樱花盛开的时候,武定县国营照相馆的两位摄影师来到我们寨子,他们是由县上安排到大山深处为彝家人照相的。记得那年我刚读小学一年级。那天放学后,我们叽叽喳喳地冲到离学校不远的大队部,见两位县城里来的摄影师正摆弄着一架遮着黑布的怪物,只见那位男摄影师悄悄地对着杨大队长耳语一阵,杨大队长用手指当梳子,整了整有点散乱的头发,然

图1 1976年春,作者和家人摄于云南武定彝寨。

我的童年 211

图2 1976年春,作者和父亲合影。

后笑眯眯地面对着那台神秘的怪物，突然，怪物发出一道亮光，杨大队长的神态十分得意。

在70年代我童年的生活岁月里，虽然家乡彝寨里还没有电灯，但家家户户的厦柱上都挂着一个喇叭，这个喇叭是有线广播，每天早晚由大队干部把中央新闻转播到每家每户。那夜，喇叭里的新闻刚刚结束，便传出了杨大队长的声音，通知家家户户到大队照相，这时我才知道，摆在大队里的那架神秘怪物就是照相机。

清早，欢声笑语溢满彝寨，青石板铺筑的寨道上，挑水的人群来来往往，议论最多的是去大队照相。父老乡亲们还没有人照过相，那台古怪的东西居然能把一个人活脱脱地照在纸上，一连串的问号让我很困惑。那天学校破天荒地放了一天假，我们随大人一起钻进了大队部。

虽然彝寨无处不风景，但摄影师们还是特意选择了两处背景。一处是大队部院里的那排芭蕉树，另一处是我们学校旁边的那片千年古树林。阿妈和我们姐弟四个在芭蕉树前照了一张，阿爸又把我拉到古树林边单独照了一张。这也许是阿爸为了省点钱买斤盐巴，也许是他有些重男轻女。

两张黑白照片是我人生旅途中第一次照相，定格了我童年时天真的身影。

想象山外的世界
——童年读书杂忆

傅国涌

一

层层叠叠的大山挡住了我的视线,坚不可摧的石头限制了我的脚步。我对山外世界的想象,最初是从一本没有封皮的小儿书开始的,我一直不知道那本小儿书的书名,讲的是越王勾践卧薪尝胆、最终击败吴王夫差的故事。但它让我从小就知道在离我不太遥远的北面有一个叫会稽的地方,更远有一个叫姑苏的地方,在一个十分遥远的叫春秋的时代,分属越国和吴国,两地之间有太湖,有钱塘江,那些个性鲜明的人物范蠡、伍子胥,还有美女西施,一部跌宕起伏的吴越史我在儿时便已熟悉,我记得当时还不大

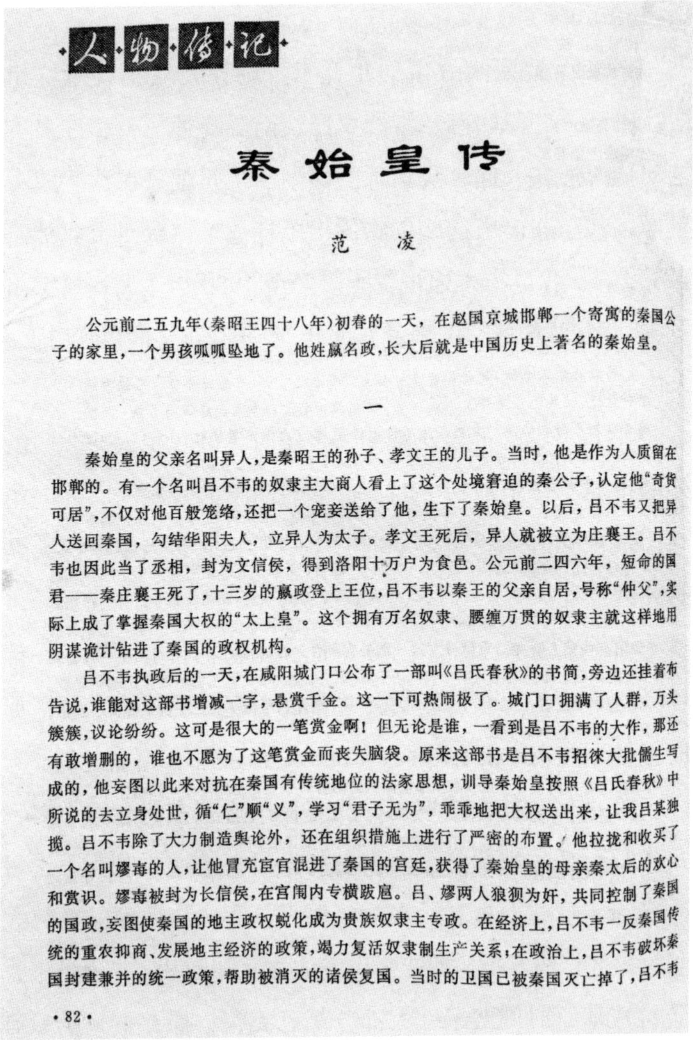

人物传记

秦始皇传

范 凌

公元前二五九年(秦昭王四十八年)初春的一天,在赵国京城邯郸一个寄寓的秦国公子的家里,一个男孩呱呱坠地了。他姓嬴名政,长大后就是中国历史上著名的秦始皇。

一

秦始皇的父亲名叫异人,是秦昭王的孙子、孝文王的儿子。当时,他是作为人质留在邯郸的。有一个名叫吕不韦的奴隶主大商人看上了这个处境窘迫的秦公子,认定他"奇货可居",不仅对他百般笼络,还把一个宠妾送给了他,生下了秦始皇。以后,吕不韦又把异人送回秦国,勾结华阳夫人,立异人为太子。孝文王死后,异人就被立为庄襄王。吕不韦也因此当了丞相,封为文信侯,得到洛阳十万户为食邑。公元前二四六年,短命的国君——秦庄襄王死了,十三岁的嬴政登上王位,吕不韦以秦王的父交自居,号称"仲父",实际上成了掌握秦国大权的"太上皇"。这个拥有万名奴隶、腰缠万贯的奴隶主就这样用阴谋诡计钻进了秦国的政权机构。

吕不韦执政后的一天,在咸阳城门口公布了一部叫《吕氏春秋》的书简,旁边还挂着布告说,谁能对这部书增减一字,悬赏千金。这一下可热闹极了。城门口拥满了人群,万头簇簇,议论纷纷。这可是很大的一笔赏金啊!但无论是谁,一看到是吕不韦的大作,那还有敢增删的,谁也不愿为了这笔赏金而丧失脑袋。原来这部书是吕不韦招徕大批儒生写成的,他妄图以此来对抗秦国有传统地位的法家思想,训导秦始皇按照《吕氏春秋》中所说的去立身处世,循"仁"顺"义",学习"君子无为",乖乖地把大权送出来,让我吕某独揽。吕不韦除了大力制造舆论外,还在组织措施上进行了严密的布置。他拉拢和收买了一个名叫嫪毐的人,让他冒充宦官混进了秦国的宫廷,获得了秦始皇的母亲秦太后的欢心和赏识。嫪毐被封为长信侯,在宫闱内专横跋扈。吕、嫪两人狼狈为奸,共同控制了秦国的国政,妄图使秦国的地主政权蜕化成为贵族奴隶主专政。在经济上,吕不韦一反秦国传统的重农抑商、发展地主经济的政策,竭力复活奴隶制生产关系;在政治上,吕不韦破坏秦国封建兼并的统一政策,帮助被消灭的诸侯复国。当时的卫国已被秦国灭亡掉了,吕不韦

· 82 ·

图1 1973年第3期《学习与批判》。

识字。

一套西湖民间故事的小儿书,则让我从小就对杭州向往不已,三潭印月、雷峰夕照、南屏晚钟……和许多古老的传说连在一起,我熟悉的西湖和杭州就藏在这些故事里面,甚至连出版这些读物的出版社地址"杭州市武林路196号",我也牢牢地记住了。乃至1980年冬天我离家出走,朦朦胧胧中的目的地就是那儿,只是我出走时身无分文,未能凭双脚一路走到杭州。

小儿书中的世界让童年、少年时代的我想入非非,山外的世界不仅是地理上的,也是时间上的,我内心的渴望渐渐地被唤醒,我渴望走进书中的那些地名当中,深入到时间的深处。

那是荒凉的20世纪70年代,比起物质上的匮乏,精神上更为匮乏,任何读物几乎都能引起我的注意,可惜那时接触到的实在太有限了。

在回忆我的大娘舅时,我曾提及母亲在我念小学时,每年都要托大娘舅将宁波教育局教研室的旧报刊买下,每到冬天,这些旧报刊运来时,那真是我一年一度的饕餮大餐,我贪婪地寻找一切能吸引我的文字和图片,并剪下来,装订成册,时间久了,大部分都已无存,保存下来的只有完整的一册。是《秦始皇传》和《乌江东去》的合订本,

曹晓波

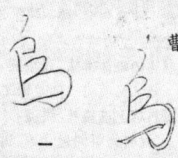

一

一抹余辉把咸阳的土墙染红了。高大雄伟的圆拱形洞门敞开着，一支衣甲鲜明的大部队排着整齐的队列，急速入关。

大街小巷，围观的老百姓又惊喜又疑惑地打量着这支队伍。人群中，不时发出窃窃私语。这一切都没有逃过刘邦那对神采奕奕的大眼睛。他骑在一匹雪白的骏马上，身披戎装，头戴锦盔，挺直腰背，显得很威武。他不时用目光扫视周围的动静。突然，眉梢跳了一下，侧身对近边的卫士官樊哙低语了几句，樊哙点点头，掉转马头，消失在汹涌的人流中。

队伍来到咸阳皇宫前，刘邦纵身跳下，在几十名卫士的拥戴之中，健步跨入金碧辉煌的宫殿。那豪华的布置没有引起刘邦的闲兴雅致，他举目四顾了一下，就大模大样在正中一把龙头交椅上坐下来。眉宇间掩抑不住欣喜的神情，对身旁的卫士说："这就是当年祖龙坐的宝座呵！"说着，刘邦不禁想起自己年轻时，有一次看见秦始皇出巡的威严仪式，曾无限感叹地说："大丈夫当应如此。"而今天……想到这里，刘邦发出了由衷的大笑。那宏亮的笑声在高大屋顶的雕梁中间发出一阵阵回鸣。

正在这时，樊哙带了几个身穿秦服的长者走进来。

"主公，这是本地的父老豪杰。"

父老纷纷上前参拜。刘邦含笑下座，好言抚慰："我起义兵，讨伐赵高逆政。今日入关，为天下一统，继承始皇帝业。今与您们约法三章：无辜杀人者死，伤人及盗抵罪，赵高苛法一律废除。请您们尽管放心。"

那几个父老豪杰听了这番话，挂在心头的大石头方才放下，又见刘邦和颜悦色，通情达理，暗暗喜欢。心想：如沛公做关中王，倒真是一件好事。

刘邦又简略问了一些当地风俗人情，要他们去帮助做安抚工作，那几个人才应命告辞。这时，急匆匆闯进来一个人。此人生得眉清目秀，外形倒有几分象妇女，因

63

图2　1975年第4期《朝霞》。

前者是从《学习与批判》1973年第4期剪下来的,后者是从《朝霞》1975年第4期剪下来的。范凌的《秦始皇传》中讲到秦始皇从小身体不好,得过肺炎,后来经常要发气管炎的毛病,"但他为了他所代表的地主阶级事业,每天都要坚持看一百二十斤重的竹木简奏章,不看完不休息。"虽然肯定秦始皇统一中国的重要作用,却认为:"在这里,历史的进步是以广大人民的牺牲和流血所换得来的。它犹如印度婆罗门教中的那个黑母大神那样,只有用牺牲者的头颅作酒杯,才能喝取甜美的酒浆!"对于秦始皇的"焚书坑儒",则认为"是历史上一次维护新的生产关系的革命行动"。最后的结论是:"从历史唯物主义的观点来看,秦始皇尽管遭到古今中外反动派包括苏修、林彪之流的谩骂,但他毕竟不愧是厚今薄古的专家,是法家思想的彻底的有成效的实践者,是建立和维护中国统一的地主阶级政治家。"

1975年,我九岁,在山村的小学念书,能接触到的就是这些充满浓厚意识形态色彩的历史读物,相比之下,曹晓波的《乌江东去》只是刘邦、项羽的楚汉之争的故事重叙,从鸿门宴到四面楚歌、项羽自刎,整个基调是扬刘抑项,项羽在他笔下完全是匹夫之勇,而刘邦则是"气宇轩昂""神气凛然,英姿逼人"。那时,我不知有《史记》,在司马迁笔下的项羽、刘邦并非如此。

另有一篇残缺的《雪夜袭蔡州》，是从《朝霞》1975年第8期剪下来的，至今还在。后来我读文言文《李愬雪夜入蔡州》觉得特别亲切，就是因为小时候和二姐一起读过这篇唐代的故事新编，作者姜顺卿、吴荣良也不知何许人，但在那个阶级斗争话语压倒一切的年代，这篇历史故事的语言却显得干净，比如——

  麦收时节，田野里一片金黄。熏风吹过大地，空气中弥漫着麦熟的微微清香。
  驻守在兴桥栅的叛将李祐，带着数百名士兵出来抢麦子。他体格魁伟，黑脸虬髯，手执黑缨枪，身披乌油甲，跨下乌骓马，如同一朵乌云降临在金黄色的麦浪中……

黑李祐像一朵乌云降临在金黄色的麦浪中，这个镜头一直深深地留在我少年的记忆里。

  冬天过早地降临到淮西大地。刚交十月，天空中就彤云密布，朔风凛冽。紧接着冷雨夹着雪粒骤然而下，再后来竟然纷纷扬扬地下起了漫天大雪。

图3　1982年春,作者和同学在雁荡灵峰,身后是果盒桥。

风雪交加的夜晚,文城栅的校场里,一万名官军雄姿英发,整装待命。他们的盔甲、战马、弓箭、刀枪上都积满飞雪,呵出的热气在髯上也结成冰凌,可是人人面容严峻,毫无声息,只有风卷旌旗的撕裂声。

想到雪,或看到漫天大雪,我常常想起的就是李愬袭击蔡州的这场雪,和《水浒传》中林冲上水泊梁山前的那场大雪，一句"那雪正下得紧"，让我念念难忘。第一次读到《水浒传》是在1975年，绿色封皮，供批判用的，扉页上还印着毛语录：

《水浒》这部书，好就好在投降。做反面教材，使人民都知道投降派。

《水浒》只反贪官，不反皇帝。屏晁盖于一百零八人之外。宋江投降，搞修正主义，把晁的聚义堂改为忠义堂，让人招安了。宋江同高俅的斗争，是地主阶级内部这一派反对那一派的斗争。宋江投降了，就去打方腊。

但我读《水浒传》在意的不是这些语录，而是林冲、武松、李逵、鲁智深他们血脉偾张、快意恩仇的故事，显然那时还缺乏审视的、批判的眼光。在《水浒传》之后，我读到了《三国演义》，1976年之后古典小说开始解禁，特别是1978年我进入雁荡中学念初中后，从《西游记》《封神演义》《说唐》《说岳全传》到《儒林外史》《镜花缘》《官场现形记》，乃至《三侠五义》《小五义》《彭公案》《施公案》等公案、侠义小说，有三年多的时光，我几乎沉迷在这些书中，特别是《三国演义》，百读不厌，成了个"三

图4　1982年清明，作者和同学在雁荡山。

国迷"，1980年我用生平第一笔稿费买了一套人民文学出版社出版的《三国演义》，还买过林汉达编写的《三国故事》，连《漫谈三国》等研究《三国演义》的书都买。

1982年我念高一时从图书馆借到了鲁迅的《中国小说史略》，当时我在大荆中学，那年遭遇洪水，教室、图书馆、宿舍都被淹，我们爬到房梁上躲避洪水，好在此书没有浸水，图书馆不用我们还书，此书便成了我的藏书。直到多年后我买了一套《鲁迅全集》，便将此书送给了一个好朋友。那时，我不知天高地厚，甚至想要写一部更详尽的《中国小说史》，1984年我生平第一次北上，从杭州到天津、北京，一路买的书中不少都与此有关，比如阿英的《小说四谈》，刘世德主编的《中国古代小说研究》，书中有夏志清、唐德刚、余英时等人的论文。

  书中的世界，无论非虚构还是虚构，对于我都是一个山外的世界，它们将我的视线扩展到遥不可及的古代，将嬴政和刘邦、项羽带到我的眼前，也将曹操、刘备和孙权带到我的眼前，或者将我带到瓦岗寨群雄奋起的时代，水泊梁山、宋徽宗和方腊的时代，或者岳飞在风波亭受害的时刻。小说与历史，常常分不清了，在不断的重构中，小说其实也在参与历史的塑造，那是另一个更深的题目，是少年的我从没有想过、也不可能想到的。

幼儿园往事

沈 红

"丢,丢,丢,丢手绢,轻轻地放在小朋友的后面,大家不要告诉他,快点快点抓住他,快点快点抓住他……"走在大街上,忽地听到这熟悉的旋律,不由得停下匆忙的脚步。原来是一所幼儿园的小朋友,在老师的带领下,正在兴致勃勃地玩着游戏。他们开心的笑脸、银铃般的笑声,勾起了我对幼儿园快乐时光的回忆。

我对童年的记忆,是从幼儿园开始的。三岁多一点的时候,父母送我进了汕头市教工幼儿园,第一次离开家到一个陌生的地方,我老是哭闹着不愿去。后来是林美娇老师吸引了我,她会变魔术,手里拿着几个硬币,一会儿变到某个小朋友的口袋里,一会儿又跑到另一个小朋友的头

图1 1977年,作者的毕业照。后排左七为余瑞金老师,右二为林美娇老师;第二排左一为吴小燕老师、第二排左起第七位小朋友为作者。

上。在等待喝水的空隙,她把一条小手绢三折五折,变成了一只会"动"的小老鼠。这在小小年纪的我看来,是那样的神奇,我再也不提不去幼儿园了,每天高高兴兴地坐着妈妈的单车去幼儿园。或许正是因为林老师对我的影响太深了,当后来自己也成为幼儿园老师后,我也学着为小朋友表演起了魔术。

汕头市教工幼儿园创办于1966年,坐落在中山路美昌里1号。此外,还有一个分园位于汕头市第一中学,也就是现在的汕头市中山幼儿园的前身。记忆中,汕头市教工幼儿园是一座三层楼房,明亮的天井,高大的窗户,给当时大多还住在平房里的孩子们一种很洋气的感觉。楼下除了天井,还有三个教室;厨房、餐厅(也是活动厅)也在一楼。二楼大厅的周围,有三个教室和两个老师办公室。不知道为什么,幼儿园的三楼只有一间是教室,其余的房间都是住家。

一条小巷把幼儿园的楼房和操场分隔开来,小巷里种着一排约三层楼高的类似梧桐的树木。中午,我们在二楼教室午睡时,透过窗外一张张翠绿的叶儿可以望见天空,天很高,很蓝,如水洗般清澈透亮。微风吹来时,碧绿的枝叶轻轻晃动着。印象中,我经常是在绿叶沙沙声的催眠曲中,不知不觉地进入梦乡的。操场的东面,是一个用水泥浇铸的小舞台,边上种着几棵高大挺拔的木棉树;小小的操场,是我们每天做体操和玩耍的快乐天堂。

那时的教工幼儿园直属汕头市教育局领导,有最好的师资、较好的教学设备,主要招收汕头市的教工子女。能入读教工幼儿园,当时是一件非常值得自豪的事,不少外单位的人,都千方百计想把孩子送进教工幼儿园。可惜,随着教育体制的改革,曾经辉煌一时的教工幼儿园先是改为区教工幼儿园,前几年撤销后,逐渐淡出了人们的记忆,让人感慨不已。

20世纪70年代的教工幼儿园,最具特色的要算是它的体操队。陈安妮、吴小燕、郑卓雅、余瑞金等几位年轻老师自编自导,教小朋友们在靠背椅上表演各种体操动作。有时,老师带我们在操场上练习,天热时,会带我们去中山公园的树荫下练习,这时会招来逛公园的大叔、大婶们的围观。那时的我们,经常代表幼儿园参加各种表演和比赛,每次都会赢得喝彩和好评。虽然辛苦,但也练就了一身的柔韧性,获得了音乐、舞蹈的启蒙,受用终生。至于演出服装,开始时是简单的白衣、蓝裤,有时会加上一件彩色的羊毛背心。后来,幼儿园里几位心灵手巧的老师自己设计、制作了V形领体操服,比起原先的白衣、蓝裤可是漂亮多了。留长发的女孩子还扎着小辫子,打上漂亮的蝴蝶结。

当年的幼儿园是一个吸引人的地方。那时大多数家庭没有多少玩具,但幼儿园有图文并茂的小人书、会下蛋的铁皮母鸡、趣味十足的彩色积木,小三轮脚踏车……上音乐课时,教音乐的肖琦芳老师会踩着那架神奇的大风琴,弹着旋律或欢快或优美的歌曲,教我们唱歌、跳舞、做游戏。而最让人高兴的莫过于六一儿童节了,除了可以化妆表演节目外,还会发一些小礼物,有时是纸剪的小红灯笼,有时是一本图书,有时是一条小手绢……而外壳染着红颜

图2 后排左一为郑卓雅老师、中间为吴小屏园长、右边为陈安妮老师，前排左三为作者。

图3 左一为作者。

色的鸡蛋则是保留节目。大家对"六一"节分到的红鸡蛋非常珍惜,舍不得吃,小心翼翼地放在口袋里,带回去与家人分享。这在现在的孩子看来可能无法理解,但那时却因物资匮乏,红鸡蛋便也成为珍贵的"六一"节礼物了。

  记忆中的幼儿园生活,是一首写不完的诗、一曲唱不完的歌,又像是一幅色彩斑斓的画。那点点滴滴的开心和快乐,就像一个个跳跃的音符,不经意间,时常从记忆的深处汩汩而出,静静地流淌……

童年的我和妈妈

杜瑞瑞

一

从我记事起,妈妈就不厌其烦地教我背童谣、学算术。我家有块小黑板,上面写满了歪歪扭扭的汉字,那都是我启蒙时的"杰作"。有一次我把"一块钱"写成了"一地钱",惹得妈妈笑了好几天,一定要让我拿出这"一地钱"来,我上哪拿去呀?这不大的黑板,还被我横七竖八地做了许多"正"字标记,它是我背古诗那日积月累的记载。刚进幼儿园时,看着我摇头晃脑地背诵诗词,老师和家长们都喊我"小才女",当时听着心里那个美呀,妈妈的脸上笑成了一朵花。可我也有犯错的时候,就拿晚上睡觉来说吧,

图1 1988年春节作者和妈妈在一起。

我总是睡前七手八脚将脱下来的衣物东扔西放,转天起床时就抓瞎。这不有一次,我记得是二年级的一个早晨,本来闹表响了我还懒洋洋地赖在被窝里不动,而早晨的时间偏偏又过得飞快,待我穿好衣服再穿袜子时,却只找到一只袜子。枕头下、被窝里,就连褥单都被我撩起来看了又看就是没有,只好焦急地求助妈妈。看着我抓耳挠腮的样子,妈妈又好气又好笑,拿出一双新袜子给我:"快穿上去上学!""是喽",我理亏地背起书包跑出家门。一路上都在想:那只袜子难道会长翅膀飞走了吗?真奇怪!放学回到家,妈妈将我换下来的秋裤平放在床上,一条裤口处夹着露出半节的袜子，分明向我在示威："我藏的并不深可你就是找不到！"我赌气地揪出袜子丢在床上。妈妈进来说："你还生气，袜子才该生你的气呢！你为什么脱时不把它放在顺手就能拿到的地方？你这乱扔乱放的毛病不改，以后会误大事！"在妈妈的因势利导下，我用两个晚上写了《一只袜子》这篇作文，被收在了《小学生优秀作文选》。当时的奖励是五元钱，妈妈陪我买了四本小丛书，并在食品街的"三毛餐厅"为我点了"儿童套餐"，还在石狮子旁为我留了影。这在当年算是时尚消费了。

二

妈妈曾在我小学三年级的时候带我回了一趟老家。农村的夏季可美了，绿草遍地，鲜花满山，河里的鱼悠闲地游着，青蛙的叫声忽高忽低，蜻蜓成群成片地低空飞舞着，妈妈说是不是要下雨呀。话音未落，闷热的天空果真噼里啪啦地下起雨来。我们娘俩儿左躲右闪，好不容易找到一棵大点的树便蹲下来避雨。"哎哟！"妈妈的喊声让我们不约而同地望向地面，一只呻吟的小麻雀正痛苦地扭动着身子在湿漉漉的树叶上。正因为落满地面的树叶又湿又滑，才让妈妈差点踩着这受伤的小鸟。你看它多让人怜惜呀：

图2　1989年作者的妈妈三十二岁时的靓照。组合家具上带人物的饼干盒是那时人们家中少不了的摆设。

又小又可爱，黑色的小眼儿半睁半闭，奶黄还挂在尖尖的小嘴儿上，好像腿受了伤。可能就是刚才那一阵狂风暴雨伤了它，它妈妈还不定多着急呢。抬头望望风雨中的天空，并没有鸟儿飞过，这只小鸟一定是掉队了。怎么办？我看看妈妈，她正心疼地把小麻雀捧在手里，像是自言自语，又像是对我说，带受伤的小鸟回去养伤。

　　回到亲戚家，他们对此好像司空见惯并不大上心，妈妈央求人家找来软布，用盐水给小麻雀擦洗伤口，又用布条给它缠好。让我不理解的是，喂它什么也不吃，连水也不喝，可叫的声音让人听着不好受。妈妈问亲戚：麻雀真的这么大脾气吗？亲戚说，当然了，要不我们不想管，是因为管不了，说完就去干别的事了。我和妈妈相对而视，一副无可奈何的样子。挨到晚上，小鸟还是不吃不喝，只是哀叫。叫得我心里越发难过，因为我也不好受。据说农村不忙时都吃两顿饭，且下午不到四点就把晚饭吃了，而且是拿盐素炒的茄子，一点油水也没有，还在大铁锅用大铁铲炒的，我一看就饱了。当然现在完全不是了，这些都是二十六七年前的事了。因为一天只吃了一顿饭，到了晚上不由得饥肠辘辘，越发想念家中的生活，还好妈妈在我跟前。触景生情，那小麻雀是不是也在想妈妈，想回到它的生活？它还受着伤，不更伤心了吗！我不由自主地蹲在

我的童年　235

图3 作者二年级时作文被收入《小学生优秀作文选》,当晚在食品街留影。

小麻雀面前对它说:"你好好吃东西,养好伤后去找妈妈呀。"那几天,我一直精心地护理着受伤的小鸟,它慢慢地好像理解了我的好意,开始吃一点小米了。又过了几天,它的腿就快好了,蹦来蹦去的真好玩。我把给我的稀饭分一点给它,它居然放心地吃了。看着它一天天壮起来,也就该让它找妈妈去了。尽管我有点舍不得,可还是把它放在了亲戚家的院子地上。结果怎样,它试着飞了几下,便拍拍翅膀,头也不回地飞向天空。我追着跑了几步,泪水竟然充盈了眼眶……

三

小时候,我和妈妈形影不离。她对我要求严格,我也挺争气,尤其在学习上从未让她操过心。那时妈妈最风光的事莫过于去开家长会,因为每次都会受到学校领导和老师们的赞扬,许多家长都向她取经:怎么教育的好孩子?!而每到这时,妈妈总会说主要靠孩子自己努力。确实,我不仅努力,而且自觉。就拿背英语单词来说,是很枯燥和单调的事,可我主动地想方设法掌握它。除了买卡片随身携带,只要一有空就拿出来看看,加深记忆,再对着录音机纠正音调。不但平时抓紧,就连"三十儿"晚上也不放松。

图 4　作者的妈妈所拍的"戎装"照。

天津有个风俗,"三十儿"晚上要"熬夜",为的是"长岁"。小时候就盼着长大,所以不管多冷、多困,也强打精神看"春晚"、放炮,等着夜里十二点吃"长岁"饺子。那时生活条件差,没有暖气,且住平房。特别是从十一点到一点之间,虽然屋外鞭炮声轰鸣,但屋内的炉火却几近熄灭,而我也越发困乏,这时支撑我的就只有背英语单词。我会戴上耳机,目无一切地"闭门思过"。妈妈推门为我送上热气腾腾的饺子,同时调侃我一句:"真会利用时间!"我也不示弱:"对了!一年就这天时间长,熬夜就是熬毅力,背单词同样适用!"我还有个不成文的规矩,那就是每逢春节"拜年"

时，我都会装一本书在口袋，亲戚们到了一块儿就天南地北高谈阔论，我就找个机会躲到一边去看书。这个爱读书学习的习惯一直保持着，就连我新婚当天的上午，我还按时参加硕士生的期末考试呢。化妆师得知原委后用手指刮了一下我的鼻头：人家都是新嫁娘端坐家中等候，你却和我算计时间，真少见！

四

我上小学时，家里没有手机和电脑，每天晚饭后，妈妈检查完作业签好字，我们母女便一人一段开始念书。妈妈从小爱写诗、爱朗诵，最喜爱的便是贺敬之的《放歌集》，背诵得声情并茂，让人听起来享受无比。挂在她嘴边的还有那本《军队的女儿》，虽然封面早已褪色，可妈妈的激情始终不减。连我都受到启迪，立志做对国家有用的人。我做过《青年报》的学生记者，获得过市级三好学生，拿过国家级二等奖学金，读大三时加入了中国共产党，之后又考取了公务员。这些都是对妈妈的最好报答。

妈妈是个非常要强的人，也是个十分热爱生活的人。搬家的时候我无意中发现了两张泛黄的奖状，分别是小学生诗歌创作二等奖和诗歌朗诵一等奖，都是妈妈的殊荣。

我听妈妈谈起她上初中时排演诗朗诵《难忘的航行》，是毛泽东主席视察海军的叙事诗。妈妈担当"甲"，需要背诵的诗句最多。那时她住校，为了正确表达诗中角色，她在晚上熄灯后顶着被子打着手电默诵。演出时连参加联欢的部队宣传队员都夸她像个战士。

刚兴 KTV 时，我心血来潮带妈妈去了歌厅。平时略显矜持的母亲，手握话筒激昂高歌，高兴地唱起《我们的队伍向太阳》《看见你们格外亲》《红星照我去战斗》等。正是这次经历，让我知道了妈妈的最爱，不仅帮她买了 20 世纪 30 年代至 80 年代的世纪歌典，还为她录制了一张 CD。那天妈妈头戴耳机，手持麦克，一气呵成地演唱了四首歌曲。CD 的封面和封底均采用她拍摄的"戎装照"。

出版说明

本系列图书编选过程中,得到了许多师友的帮助与支持,在此一并致谢!虽经多方努力,仍有部分版权所有人未能于出版前取得联络,我们将委托中国版权保护中心代存、代转稿酬和样书;也恳请相关版权所有人知悉后与我们联络,及时奉上稿酬和样书为盼。

山东画报出版社《老照片》编辑部